丘蟻一族

鄭清文【著】
西田勝【訳】

法政大学出版局

作者紹介

鄭清文（チェン・チンウェン）。一九三二年九月、台湾は新竹州桃園郡（現・桃園市）に生まれる。旧姓李、生後一年、台北州新荘鎮（現・新荘市）に住む母方の叔父の養子となり、鄭姓を名乗る。少年時代、中学一年まで日本語教育を受ける。解放後、商業学校に学び、卒業して華南銀行に勤める。その後、台湾大学商学系に入学、卒業後、二年の兵役を終えて華南銀行に復職、以後一九九八年、定年退職まで同行に勤務する。この間、一九五八年、短篇「寂寞的心（寂しい心）」で作家デビューを果たし、以来、現在まで二〇〇篇を超す長・中・短篇小説を発表している。短篇小説は、ほとんどが『鄭清文短篇小説全集』全七巻（麥田出版）に収められている。台湾生え抜きの戦後第二世代で、一九七〇年末から台湾史の暗黒部分に迫る「政治小説」を試みるようになる。本長篇童話もその延長にある。童話作家としては、すでに『燕心果』（一九九三）、『天燈・母親』（二〇〇〇）、『採桃記』（二〇〇四）などの童話集があり、うち一〇数篇が日本語にも訳されている。一九九九年には『三腳馬（三本足の馬）』が英訳、コロンビア大学出版局から刊行され、サンフランシスコ大学環太平洋センターから桐山環太平洋書巻奨を獲得、二〇〇五年には第九屆国家文芸奨を受賞している。

目　次

カムフラージュはただ外見を改変するに過ぎないが、ウソは自分自身を変えてしまう。ウソをつくことが丘蟻一族の本能になってしまった。本能は伝統になる。ウソをつくことは、丘蟻一族にとっては、蝶がキレイな衣装をまとっているのと変わりがない……


小丘蟻が頭を上げて空を見て焦燥と緊張を感じた。

一つの影がゆっくりと近づいてくるのだ。驚き慌てる小丘蟻もいた。

「怖がるな」と少し大きな丘蟻が言った。

「あれは何だ？」

「馬……」

I　丘蟻一族

「大海の真ん中に、クレータという島がある」と案内人が言った。
「先王の統治の下では世間は清潔だった」

ダンテ『神曲』第一四章

空は紅《あか》く、大きな塊が浮かび、紅い雲に似ていた。丘蟻《きゅうぎ》〔1〕一族は、それが雲ではなく、イナゴ、大群の紅いイナゴであることを知っていた。紅いイナゴは、大きな雲の塊のようで、空を遮り、太陽も遮っていた。

砂漠を一望すると、蟻塚《ありづか》が、あちらに一本、こちらに一本と立っていた。筍《たけのこ》のようでもあり、柱状のサボテンのようでもあった。ずっと地平線まで広がっていた。これは丘蟻一族の世界だ。丘蟻一族が待っているのは雲であり、雲が持ってくる雨だった。彼らが期待しているのは、少しばかりの雨だった。

だが、あれは雲でもなく、雨でもない。

雨が空から降ってきた。

あれは雨ではない。紅いイナゴが飛んで行くと、紅い雨が降っているように見えるのだ。しかし、あれは雨ではない。イナゴの大便だ。

大便と言ってはいけない。汚い言葉を使ってはいけない。

丘蟻一族には非常に重要な族訓がある。汚い言葉を使ってはいけない、ということだ。ウソは言ってもいいが、汚い言葉は使ってはいけない。

あれはイナゴの排泄物だ。

排泄物と言ってはいけない。汚い言葉を使ってもいけないし、粗野な言葉も使ってはいけない。上品な言い方をしなければならない。ウソをつく場合でも、上品な言いまわしをしなければならない。

あれは慈悲の雨だ。あれは大地を潤す慈悲の雨だ。

その通り、あれは慈悲の雨だ。空から落ちてくる慈悲の雨だ。

丘蟻一族にとって、上品な言葉を使うのは非常に重要なことだ。上品な言葉を使うことによってこそ、高貴な一族になることができるのだ。


砂漠の中にはネズミやウサギがいる。野良猫や狼もいる。ハチや蝶、蛇やトカゲもいる。クモも、サソリもいる。樹や草も、また花や小さい沼もある。

紅いイナゴが飛び去ると、紅色の慈悲の雨が大地をおおった。樹が紅くなり、草も紅くなり、水も紅くなった。すべての花、白いものも、黄色いものも、青いものも、みな紅くなった。子細にみると、樹には葉がなくなり、大地には花がなく、草もなくなっていた。紅いイナゴが、どれも食べ尽くしてしまったのだ。葉を食べ尽くされた樹はツルツルとなり、一本の柱、紅い柱、紅樹の柱のようだった。樹は老いれば、柱のようになる。しかし、老いたのではない。葉がなくなり、一本の柱となり、樹木の姿を失ってしまったのだ。しかし、こうなってみると、紅い樹林のようにも見える。

この時、一匹の小さな丘蟻が砂漠の中で、紅い樹の柱から葉が生えてこないと言って泣いていた。三日三晩、泣き叫んだが、紅い樹の柱からは葉が生えてこなかった。

「紅い樹の柱は老いぼれてしまった」

しかし、「紅い樹の柱は何と美しいことか」と紅い樹の柱は自分を、そう礼讃した。

紅い樹の柱も話すことができたが、ただ声が大きく、そのため胴体も震えた。

砂漠の中では、動物だけではなく、昆虫も草木も、みんな自分を褒め称えるのが好きだ。

自分を褒め称えるのも、ここでは美徳だ。

「緑色でない葉も美しいと言えるのか？」

「そうだ。紅い葉も美しい。冬が来る前の美しい景観を見るがよい」

すでに葉など全く見当たらないのに、紅い樹の柱は、もう一度、自分を礼讃した。

「冬が来る前の美しさと、黄昏時の美しさとは同じか」

「美しさは美しさだ」

と紅い樹の柱は大声を出した。彼女は毎度、大声を出すので、声はしわがれていた。しかし、彼女は大声を出してこそ、話の筋が通り、勢いが出てくるものと考えていた〔2〕。

風もまた紅かった。紅い風は紅い雲を走らせたが、砂漠はすべて紅い色に変わり、一つの紅い大地となってしまった。

紅いのは雲だけではなく、風も紅くなって、丘蟻一族にパニックを引き起こした。砂漠の中には、丘蟻以外の昆虫、蝶もクモも、サソリもムカデも住んでいるが、それらすべての昆虫もパニックに陥った。

砂漠の中には、わずかな距離をおいて土の山が並び、柱状のものもある。いわゆる蟻塚だが、塚とはいっているが、これは墓ではない。巣であり、家だ。つまり、白アリの家だ。これらはアリの丘であっても、アリの墓ではない。

白アリには多くの種類がある。一つは家アリといい、家具を蝕むのを専門とする。そのほかに樹アリというのがあり、樹がそれにとりつかれると、葉も皮もなくなってしまう。ついには幹もスカスカになり、風が吹くと、次々に剥落してしまう。また、丘蟻と呼ばれているものもあり、これは土を食べるとともに、それで住処《すみか》も作る。砂漠の中で常に見ることができる。

丘蟻一族は、実にきびしい環境のなかで暮らしている。昼間、太陽が出れば、この上なく暑く、夜、太陽が沈むと、非常に寒い。その上、彼らもまた砂漠の中では多くの敵と出会わなければならない。ネズミや野良猫がいる。野良猫はネズミを食うが、彼らの恐れているのは、これらの動物ではない。彼らがもっとも恐れているのは、アリクイだ。それらのほかに天災がある。雨が降らないと困る。雨が降らないと、乾《ひ》からびて死んでしまうからだ。しかし、雨があまりに多く降っても困る。雨があまりに多く降ると、溺れ死んでしまうからだ。

丘蟻一族には、一つの才能がある。偽装《カムフラージュ》ができるということだ。

偽装は本来、動物の本能だ。丘蟻一族も偽装して泥になることもできる。しかし、彼らにとってウソは偽装よりさらに重要である。偽装はただ表面を変えるに過ぎないが、ウソだけが本体を変えることができる。ウソをつくのはすでに丘蟻一族の本能になっていた。本能はもはや伝統になっていた。ウソは、丘蟻にとっては、蝶がキレイな衣装をまとうようなものに過ぎなかった。間違いなく、これは幾千年来、祖先から伝わってきた能力だ。ウソは、それで敵を欺き、自身の危険を減らすこともできる。また、それで自分を欺き、自分を安心させることもできる。ちょうど砂漠の中の駝鳥《だちょう》が砂のなかにスッポリ首を埋め、駝鳥には、お尻しかないと言っているか、あるいは、お尻は駝鳥ではないと言っているかのように。もう一つ、ウソは非常に多くのことを、すっかり世界を変えることもできるということだ。さらに美しく、さらに多様に、さらに巧みに変える、つまり変身することができるのだ。丘蟻一族はウソをつくことを好む。それはウソが確実に自分を変え、世界を変えることを彼らが、いや数千年前の彼らの祖先もすでに発見していたからだ。

蛇や亀は多年にわたる修行が必要だ。百年あるいは千年の修行の末、始めて成果を挙げることができる。つまり自在に変化することができる。しかし、丘蟻一族の場合は、ちょっとウソをつきさえすれば、変身の機会をつかむことができる。


彼らは紅いイナゴが飛んで来たのを見て、パニックに陥った。予測することができなかったからだ。しかし、彼らは予測することが好きだ。だが、十回予測して、一回も当たらない時もある。予測より重要なのは、パニックを免れることだ。彼らの最大の能力は期待すること、自分を変えること、あるいは世界を変えること、パニックを造り出す原因が消失することを期待することだ。例えば、危険が発生した時、自分を石に変え、危険がなくなると、再び丘蟻に戻るという具合に。

実際、彼らにも石の経験がある。

彼らの祖先はかつて大ウソをついたことがある。天上から降ってくるのは雨ではなく、石だと。どうして石が天上から降ってくることができるのか？　多くの丘蟻は、みな信じなかった。ところが、ある日、天上から本当に石が降ってきた。大きいのもあれば、小さいのもあった。大きいのは、山ほどの大きさだった。これらの石は、地上に海のような穴を造り出した。草や木を殺し、動物や昆虫も殺し、丘蟻の家——蟻塚も粉々になった。

これらの石が降ると、満天に塵が揚がり、太陽を遮り、日光を遮った。大地は丸一年、闇夜、寒くて冷たい闇夜となり、地表はみな凍りついてしまった。多くの動物や昆虫、草や木も凍死してしまった。

彼らの祖先は、もう一つ、大ウソをついたことがある。水は下流から流れてくると。水は決して下流からは流れないものだ。ところが、水はたしかに下流から上がってきて大水となり、大地を沈めてしまった。ニョキニョキと立っていた蟻塚も沈めてしまった。

丘蟻一族はかつて、天から紅い雨が降ってくると言ったこともある。本当に紅い雨が降ってきた。彼らは、ちょっと得意だった。だが、パニックは、そのちょっとの得意も消し去ってしまった。どうしてなのか?

彼らは、太陽は西から昇るものだと言った。しかし、太陽は決して西から昇ることはない。ところが、彼らは、それを二度言い、五度言い、十度言い、百回言った。果して太陽は西から昇って来たのだ。彼らが、太陽が昇って来る、あの辺りが西だと信じたからだ。

ウソをつくには訓練が必要だ。鳥が飛ぶことができるのは、小さい時からの訓練の賜物だ。鳥が鳴いたり、さえずることができるのも、小さい時からの訓練の賜物だ。小さい時から訓練を重ねるということが重要なのだ。蝶が、あんなに多くの色で彩られているのは、どのように衣服を選び、どのように衣服をまとうか、小さい時から訓練した結果なのだ。ウソもまた同様だ。歳をとってからでは、効果は芳しくない。ウソをつけば、どうしても顔が赤くなってしまう。しかし、小さい時から訓練を積めば、顔など赤くならない。ウソをつくのが、ちょうど樹を食べたり、土を食べたりするのと同様、日常のことになるからだ。もともと、彼らは明らかに樹を食べているが、土を食べていると言いなし、後になって彼らは土だけを食べるようになった。ある時、彼らは、顔が白い、身体も白いとウソを言った。彼らは小さい時から老年に至るまで、一生涯、ウソを言い続けて全身白くなり、キレイになった。これは、もちろん、小さい時からの訓練の賜物だ。

「太陽は西から出て来るものだ」

さらに多くの丘蟻が、さらに大きな声を出して一斉に叫びさえすれば、太陽は東から出てくることができない筈《はず》だ。

彼らの腕前も、ますます上達した。彼らは白を黒と言いくるめ、また黒を白と言いくるめることができるようになった。

丘蟻一族は常に、せいぜい真実に反することがあっても、ウソはつかないと言っている。いや、それは真実のもう一つの一面、新たな事実というべきだ。太陽は西から昇るというのは新しい事実だ。新しい事実をいうのが、どうしてウソをつくことになるのか？

丘蟻は、自分たちはウソつきではないと言う。ウソをついているのは蝶であり、蜜蜂だと。意見が違うとすれば、相手方が必ずウソをついているに違いない。

丘蟻はまた言う。樹はウソをつき、風もウソをついていると。

ほかの人がウソをついていると言い続けてさえいれば、自分はウソつきではないと感ずるようになるものだ。

丘蟻一族は、風が雲を走らせたとは言わず、雲が風を御していると言う。また、彼らは、風が樹を揺らしているとは言わず、樹が風をあおっていると言う。新しい真実は、このように言わなければならないものだ。何というすばらしさよ。誰が、これをウソと言うのか？

白アリには階級がある。一部の昆虫では、その地位は体力に比例している。一部のメスグモはオスグモを食べてしまう。オスに比べて、ずっと大きいからだ。丘蟻一族では、その地位は全くウソつき能力によって決まる。

丘蟻一族では、ウソをつく能力が高ければ高いほど、地位が高くなる。地位が高くなればなるほど、ウソをつく機会が多くなり、技術も向上する。丘蟻一族では、委員の地位が最高だ。彼らは丘蟻一族を、そのウソつき能力と内容によって導くのだが、委員は丘蟻一族の成員の投票で選抜されることになっている。

丘蟻一族では、女王アリかメスのアリが象徴的な元首と見なされ、丘蟻一族を代表している。

そのほかに、少数の長老や元老がいて、委員と呼ばれた。彼らだけに身分があり、地位があり、名前があり、権力があった。蟻塚の大きさや高さをどうするか、女王アリやメスのアリは、どれほどの卵を産んだらよいか、すべて委員によって決定される。女王アリやメスのアリが、どれほどの食物をとったらよいか、ということさえも、委員によって決定される。その他の丘蟻に至っては、名前は不要、番号さえ、あたえられなかった。だが、そんなことは彼らにとって、どうでもよいことだった。彼らは、ただ丘蟻であればよかった。ウソをつくことができる丘蟻であれば充分だった。

委員には名前が必要だった。しかし、名前はすでにあり、その中から、よい名前を選べばよかった。智・仁・勇は、よい名前だ。孝・悌《てい》・忠・信・礼・義・廉・恥、これらもみな、すばらしい名前だ。これらの名前はみな、それぞれに美徳を体現している。丘蟻一族はなかでも美徳を重視しているのだ。

丘信は天性、美しい口を持っている。それは大きくて紅い。彼の弁舌は自由自在、止まるところを知らない。彼は丘蟻一族の発言を代表し、そのラッパ手だ。ラッパ手は丘蟻一族にとって、もっとも重要な任務で、全砂漠中の動物や昆虫や草や木に、その高らかな声を聴かせることができなければならない。さらに重要なことは、相手に対して、丘蟻が何を主張しているのかを知らせなければならない、ということだ。

丘蟻一族がもっとも重視している規範は真実のもう一つの面、つまり新しい事実を言わなければならない、ということだ。これこそ規範で、すでに幾千年も伝承されてきたものだ。

月は一つではない。これは新しい真実だ。彼らは数えたことがある。毎日一つ、総計二十数個の月がある。あくまで二十数個が正しい。幾千年来、彼らの祖先たちも、ずっとハッキリさせることができないできた。心配することはない。

「月はただ一つだ」と丘信が言った。

「月は一つではない」と一匹の小丘蟻が言った。

「月は、ウソをついている」と、もう一匹の小丘蟻が言った。

小丘蟻は、丘蟻がウソをつくとは信じられなかった。だから、月がウソをつくしかなかった。

小丘蟻も月が増加したり、減少したりするのを見ている。

あれは、同一の月なのだろうか？

実際、小丘蟻も、月がどんなウソをついているのか、分からなかった。

彼らは小さい時から、このような訓練を受けている。彼らは自分がウソをついていることを認めないだけではなく、絶えず、ほかの人がウソをついていると言い続けている。孵化した時からではなく、さらに早く卵の段階から、いやさらに早く、メスアリの体内にいる時から、どのようにウソをついたらいいか、どのようにいえば新しい真実に近づくことができるのか、知っているわけだ。

太陽は、ウソをついている。
月は、ウソをついている。
星は、ウソをついている。
河は、ウソをついている。
山は、ウソをついている。
風は、ウソをついている。
雲は、ウソをついている。
樹は、ウソをついている。
草は、ウソをついている。
花は、ウソをついている。
土は、ウソをついている。
石は、ウソをついている。
クモは、ウソをついている。
蝶は、ウソをついている。

サソリも、ウソをついている。

丘蟻一族以外はみな、ウソをついている。

彼らはメスアリの体内にいる時から多くのことを知ってはいるが、それより重要なのは訓練を積まなければならない、ということだ。メスアリの体内にいる時から訓練を始めた方が、孵化後にするよりは、ずっと効果的だからだ。

「月は、ウソをついている」

まず、ほかの人がウソをついていると言うこと。この種の訓練が何より重要だ。大声で、ほかの人がウソをついていると言えば、人はまさか、あなたがウソをついているとは思わないだろう。大声で言えば言うほど、効果は、より大きい。

最初は彼らも一点の不安を感ずることがあったかも知れない。時には、ちょっと顔を赤らめたに違いない。しかし、休む間もなく、ウソを言い続けてゆくなら、不安を感じなくなり、顔が赤くなることさえもなくなるだろう。ウソをつくなど、何ほどのことでもない。顔を赤らめる、それこそ欠点というべきだ。顔を赤らめる状態から、赤らめなくなってゆく、それこそ成長と呼ぶべきだ。

彼らは自分を説き伏せるだけではなく、すべての丘蟻一族を説き伏せなければならない。一匹が信ずるより、十匹が信ずるのがよく、さらに百匹が信ずるのがよい。
ウソをつくこと――彼らは本当に自由自在だ。
ウソをつくこと――彼らにとって愉快でさえある。
ウソをつくこと――彼らにとって、あまたの利益がある。
ウソをつくこと――これによって災難を避けることができる。
ウソをつくこと――彼らは敵を醜いものにすることができる。敵を醜いものに変えれば、第三者に、相手が自分よりもよくない者だと信じさせることができる。このような仕方で敵を打ち負かすことができる。敵を打ち負かしてこそ、白分を壮大に見せることができる。
ウソをつくこと――これは一つの修辞であり、しかも、もっとも精巧な修辞だ。
ウソをつくこと――これは偉大な文章だ。

ウソをつくことは、丘蟻一族の経験、その幾千年の経験によれば、それは常に激しい変化を引き起こす。彼らの祖先が彼らに伝え、彼らも親しく経験したことで、ひとたびウソをつけば、時には蝶はトンボになり、牛糞は米糕《ミーガオ》〔3〕になった。彼らはまさに紅いイナゴの襲来のような、大きな災難に遭遇する時は、期待を持つ。彼らは変化を、ウソを使って、いくらかの激しい変化を引き起こすのを期待する。禍変じて福となるのを期待するわけだ。

「イナゴは、もっとも愛すべき友だ」と丘信は言う。

「イナゴは、もっとも愛すべき友だ」と一匹の小丘蟻が言う。

「イナゴは、もっとも愛すべき友だ」と大群をなした小丘蟻たちが言う。声は、ますます大きくなってゆく。

「本当なのか？」と一匹のイナゴが質問した。

「もちろん、本当だ」

「丘蟻は非常に賢い」とイナゴは言った。

じゃ出かけようか、と言って、イナゴは巨大な雲をなして飛び去って行った。

イナゴはただ食べたいだけで、ウソをつく必要はない。

地上の草木はすでに、ほとんどイナゴによって食い尽くされてしまった。しかし、彼らは別のところに飛んで行くことができる。

紅いイナゴの大群は過ぎ去った。そこで丘蟻は必ず大きなウソをつかなければならない。そうしてこそ、紅いイナゴが再び来ないように期待することができる。災難を変じて福運となすことが期待できるのだ。

「イナゴは偉大だ」

すべての丘蟻が一斉に、そう叫んだ。それらの声は、イナゴの大群に追いしたがうように、イナゴが消え去って行く方向に向かって叫ばれた。

彼らにとって、ウソは魔よけの札や呪文に似ている。

「月は一つしかない」と丘信は大声で叫んだ
「月は一つしかない」と幾千の丘蟻、幾万の丘蟻、幾十万の丘蟻が一斉に叫びはじめた。

変われ、変われ、変われ。

変われ、変われ、変われ。


これまでの経験だと、丘蟻一族はウソをつけば、必ず毎回、変化が期待できた。しかし、どんな変化がもたらされるのか、彼らには読めなかった。これは一種の賭けだ。彼らはみな、それが大きな賭けだということを知っていた。彼らは今、ただ紅い色が消え去って行くのを期待する。しかし、もちろん、心に大きな不安がある。何に変わるのか？　もっと多くの紅い色を持つことになるのか？　紅いイナゴは、まことに恐ろしい代物だ。彼らが今、切に期待しているのは、変わること、可能なら、よい局面が現れること、少なくとも、あんな悪いものに出会わないことだ。彼らは期待する。

丘蟻一族はかつて考えたことがある。時には、ただ外側の状況を変えるだけではなく、彼ら自身を変えることを期待したい、と。蝶に変わるのも、悪くない。蝶と同じように六本の脚、蝶と同じように羽根もあり、蝶と同じように飛ぶ。蝶は何と美しいことか！

「丘蟻だって、美しいぞ」と少しばかりの小丘蟻が不満を表明した。

蝶が飛んで来た。イナゴが去り、蝶が来たのだ。

白いのもいる。黄色のもいる。単色のものもいる。しかし、大部分はさまざまな色が混じっている。一羽、二羽、ワッ、満天の蝶だ。蝶を見ると、イナゴが思い出される。ウソはよくないと誰が言うのか？

蝶の後に飛んで来たのは小鳥だった。一羽の小鳥が飛んで来て、蟻塚の前に停まった。

丘蟻一族は、一掴みの土が一羽の小鳥に変わるに過ぎなかったのを見て、ガッカリした。

「一羽の小鳥に過ぎない」

だが、小鳥もすばらしい。紅いイナゴに比べて、ずっとよい。
チ、チ、チ、チ。
小鳥の鳴き声は、なかなか耳に楽しい。

小鳥は鳴きながら、羽根を打ち合わせ、脚を使って下の土を掘り返した。二つの脚を順番に使って掘り返しているうち、突然、小鳥は一羽のメンドリに変わってしまった。しかも、婆さん鶏〔4〕に変わってしまった。メンドリにもヒゲが生えるのか。ヒゲはとても細いが、たしかにヒゲだ。しかも、白いヒゲだ。見ると、このメンドリは大層な気炎で休む間もなく声を出していた。

クックックッークッ。

クックックッークッ。

「どうして？　メンドリが鳴くことができるのか」

「オンドリが鳴くのは自然だが、メンドリが鳴くのは不吉だ」

「声は実にすばらしい」

ワァー、ワァー、ワァーン。

「どうしたのか？」

婆さん鶏が丘蟻を食べはじめたのだ。動作が早いこと！

不思議、彼女の口は歪んでいる。

歪んだ口をしたトリは、よい米を食べる。

「委員、御注意を」

「どうしてだ？」

「委員は、よい米ではないか」

本当に婆さん鶏は、よい米を選んで食べる。白くて肥えた丘蟻を選んで食べている。普段は、委員は意見を発表するのが大好きだが、こんどは声を出そうともしなかった。

「い、いけない。これは、もう一つの災難だ」と丘蟻一族は委員を仰ぎながら言った。

問題はない。あいつは、かなりの年だから、食べるのは知れている。その上、名前のない丘蟻しか食べていない。委員を食べることはない。

「どうして？」

「委員は崇高だ」

いけない、いけない。あいつは白く肥えた丘蟻だけを食べている。遅かれ早かれ名前のある委員も食べるようになるだろう。二、三の委員たちは憂慮、逃走を考えるに至った。どこへ逃げて行ったら、いいのか？

「月が消えた」と丘信は言った。

月はまだ空にあった。このウソは大きいぞ。

「月が消えた」と幾千の丘蟻、幾万の丘蟻、幾十万の丘蟻が一斉に大声を出しはじめた。

黒い雲が月の光を遮った。

変われ、変われ、変われ。

変われ、変われ、変われ。

「あれは何だ？」

「まあ、まあ、驚くな。わしじゃ、薑母鴨《ジャンムーヤ》〔5〕ぞ」

一羽の紅い顔をした鴨が尻を揺らしながら出て来た。

「鴨は尻を使って道を歩くのだ」と婆さん鶏が言った。

「鶏は首を使って道を歩くのじゃ」と薑母鴨が言った。

たしかに鶏は道を歩く時、首を伸ばしたり縮めたりして歩く。

「亀はスッポンに尻尾がないといって笑う」と一群の小丘蟻たちが言った。

「スッポンは亀に皮がないといって笑う」と、もう一群の小丘蟻たちが言った。

「薑母鴨は、麻油鶏《マーヨーチー》〔6〕とペアじゃ」

「薑母鴨が？　どうして薑母鴨が？」

「わしも知らない。わしの顔は、しわくちゃで、ひね生姜のようか？」

「……ようではない」

「しかし、お前たちは、わしを薑母鴨と呼んでよろしい」

「薑母鴨よ、あんたはここに何をしに来た」

「あんたらを助けに来たのじゃ」

「何を助けるのか？」

「婆さん鶏よ、麻油鶏よ、わが友よ、あんたは、もう久しい間、泳いでいないだろ」と薑母鴨は
婆さん鶏の話し方を真似て言った。

「わたしゃ、泳ぎなどできないよ」

「砂浴びを忘れてしもうたのか」

「砂浴びか。うん、うん、うん、うん」

麻油鶏は爪で地面を掻き、その後、その上にしゃがみ、羽根をバタバタさせながら、身を震わせた。

「おお、すばらしい。見事じゃ」

「あんたも、ちょっとやって見たら」と婆さん鶏は薑母鴨に言った。

「わしは、できんよ」

「なぜかね？　あんたは水泳の選手ではなかったか」

「水がないからの」

薑母鴨は身体をぐるりと回して辺りを見た。彼女が見たのは、すべて砂だった。

「砂浴びだよ」

「砂浴び……」

「砂を水と見立てればよいのよ」

「ダメ、ダメ」と薑母鴨は、婆さん鶏を真似て言い、先ず爪で土を掻いた。

鴨には水かきがあり、土を掻くには大変な力がいる。その上、痛い。

「さ、さ、わたしが教えてあげよう」と言って、婆さん鶏は先ず土を掻き上げ、お碗の形にした。

「あんたは、この上にしゃがんだらよい」

そこで薑母鴨は、その上にしゃがみ、婆さん鶏を真似て、羽根をバタバタさせながら、身体を震わせ、鶏が卵を孵《かえ》す時のような姿勢となった。

「こんなでよいかの」

「薑母鴨も砂浴びができる。見事じゃ」


変われ、変われ、変われ。

幾千、幾万、幾十万の丘蟻がまた叫びだした。

「婆さん鶏は、ウソをつかない」

「麻油鶏も、ウソをつかない。使っているのは、純正のゴマ油だ」

「薑母鴨《ジャンムーヤ》も、ウソをつかない。使っている根生姜は、飛びきり上等の根生姜だ」

婆さん鶏と薑母鴨は地上で転げ回り、ちょっと足掻《あが》くと、忽然と消えてしまった。あとには一枚の秋海棠《しゅうかいどう》の葉っぱが残った。

「婆さん鶏と薑母鴨は？　どうして一枚だけ葉っぱがあるのか。生命のあるものが、どうして生命のないものに変わってしまったのか？」

変化に次ぐ変化、何を期待したらよいか。

「樹の葉にも生命がある」

「それは何の葉っぱか？」と一匹の丘蟻が好奇心を表して聞いた。

「知らない」

「それにしても、何の葉っぱか」

金輪際たしかなことは、本当に一匹の白アリも、これが何の葉っぱか知らなかったことだ。

「芭蕉？」

「ノー」

「楓？」

「ノー」

「大王椰子《だいおうやし》」

「ノー、ノー」

「海棠《かいどう》？」

「海棠の一種？」

「海棠に沢山の種類があるのか？」

彼らは、はたと行き詰まってしまった。

「春夏秋冬、どの季節にも海棠がある」

「じゃ春の海棠とするか」

「葉っぱはウソをついている」

突然、一陣の強風が吹いて来た。葉っぱは羽根のある蝶のように身を起こし、空に舞い上がった。とても美しかった。

「葉っぱよ、葉っぱ、行ってはいけない」

葉っぱは飄然《ひょうぜん》と行ってしまった。返事もなく。


丘蟻一族にとって、忠はもっとも重要なものだった。

「忠とは何か？」と丘信は丘忠に質問した。

「忠とは忠君愛国のことだ」と丘忠は答えた。

「君とは何を指すのか？　国とは何を指すのか？」

「君国とは丘蟻一族のことだ。丘蟻一族についていえば、女王アリがもっとも重要、彼女が君であり、国だ」

女王アリも母アリだ。母アリは一日に一万五千個の卵を産むことができる。

「増産報国だ」

母アリこそ丘蟻一族の繁殖の母体だ。

すべての丘蟻一族は、すべて母アリから産まれてきたものだ。

「女王アリは六千本の脚を持たなければならない」

丘忠は女王アリの身体が大きい上に、いたく太り、一日中横たわり、歩けないが、もし彼女に脚を余分に提供すれば、長く歩くことができ、そうすれば、あんなに苦労しないですむと考えたわけだ。長く歩くのは健康によい。一日、幾千個の卵、しかも健康な卵を産むことは、丘蟻一族にとって非常に重要なことだ。健康な卵があってこそ、健康な子孫に恵まれる。

丘忠がひとたび、そのことを話すと、多くの丘蟻たちが女王アリの脚を探しはじめた。彼らはまず六千本の脚を探し出さなければならなかった。これは容易なことではない。皮膚の上のかすかな皺から探しはじめた。

「六千は大変な数じゃのう」

丘忠は、そう言った。女王アリの身体には、どんな変化も起きていないし、変化の兆しもない。だが、彼のこの言葉によって、働きアリは忙殺された。働きアリは急いで女王アリに義足をつけた。義足をつけた後は、こんどは急いで靴を作った。六千の脚には三千足の靴が必要だ[7]。しかし、三千足では充分ではない。少なくても六千足が必要だ。美しく見せるためにも、健康のためにも、予備の靴が必要だからだ。とすると、三千足の二倍の六千足、最低これだけは用意しなければならなかった。

だが、女王アリは依然として横たわりながら卵を産み、起きて歩くことはなかった。

丘忠は非常に満足した。彼はたしかに丘蟻一族に対して、また女王アリに対して大きな仕事を成し遂げた。たしかに大仕事だった。しかし、彼の念頭には、なお多くの計画があった。しかし、それらの計画はまだ初期段階にあった。よい計画は急いではならない。そのことは丘忠も、丘蟻一族も知っていた。丘蟻一族にとって、ウソは計画より重要である。彼らにとって機会の多くは、ウソをつくことから来る。しかも、ウソはたちどころに効果を発揮する。丘蟻一族にとって、ウソ自身、一つの計画だ。


丘忠は、その大仕事を成し遂げた後、身体の上に「忠」の一字を刻んだ。どこに刻むべきか？背中？　腹？　腹だと他の丘蟻には見えない。見えるということが最低限に必要だ。では背中か？　ここも、ふさわしい場所ではない。最後に彼は額に、鼻の上に刻むことに決定した。それより以後、彼の鼻も特別に鋭敏になった。

「あなたは身体に字を刻んだが、何を表示したいのか」と丘信が丘忠に問うた。

「決意を示したいのだ」

「どういう決意か」

「君国とともに進退し、存亡するということだ」

「なるほど、もっともだ」

それ以後、多くの丘蟻たちが額の上に字を刻みはじめた。ある者は「忠」、ある者は「孝」、ある者は「蟻国必興」、ある者は「敵人必亡」と刻んだ。〔8〕

「敵はどこにいるのか」

「イナゴが敵だ。婆さん鶏も敵だ」

「友人でない者は敵だ」

「それだと、敵があまりに多すぎる」

「ウソだ、ウソだ」

「敵でない者は友人だ〔9〕」

「それだと、友人もあまりに多すぎる」

「とにかく、忠こそ、もっとも重要なものだ」

「あなたに聞きたい。君国に難が生じたら、つまり丘蟻一族に難が生じたら、あなたはどうするか？」

「大敵に出会ったら、ということか？」

「そうだ。投降するか、難を逃れるか、それとも死守するか？」

「それは……昔、丘蟻一族が、トップに一人の委員しかいなかった時代のことだが、彼は丘蟻一族を引き連れて難を逃れた。そうすることによって丘蟻一族は生存することができた。逃亡は生存するためで、生存こそ滅亡を免れる唯一の道だからだ」

丘孝は丘忠に、もっとも敬服していた。彼は「忠」こそ「孝」の指導者と考えていたからだ。そのため、何よりもまず丘忠に学び、鼻の上部に「孝」の字を刻んだ。丘蟻たちのある者は「忠」と刻み、ある者は「孝」と刻み、ある者は「忠」と刻んだ上に「孝」を加えた。これは「忠孝兼備」と呼ばれた。

「忠孝兼備、忠孝兼備だ」

「それは決意か」と丘信が丘孝に問うた。

「もちろんだ」

「丘蟻は忠孝兼ね備えた昆虫だ」

「孝」は根源を質《ただ》すことから始めなければならない。

丘孝のもっとも重要な仕事は、丘蟻の祖先を探すことだ。

丘蟻は、ゴキブリが自分たちこそ丘蟻の祖先だと言っているのを耳にしていた。だから、丘孝の仕事は、ゴキブリが果して丘蟻の祖先かどうかを調べることだった。

ゴキブリも非常にウソつきだ。間違いない。丘孝は、ゴキブリが丘蟻の祖先であることを調べ上げた。

丘孝は、これは彼の最大な業績だと思った。

「ゴキブリは皆に嫌われている」と一部の丘蟻たちは、彼らの祖先がゴキブリであることを承認するのを拒んだ。

「丘蟻一族も皆に嫌われている」とゴキブリが反駁した。

「丘蟻の祖先は、メスアリだ」

「そう、丘蟻の祖先は、母アリだ」

忠孝は一体、「忠」と「孝」は離すことはできない。丘蟻一族にとって、このことはさらに明確だ。女王アリと母アリは同じだからだ。丘忠は彼女を女王アリと呼び、丘孝は彼女を母アリと呼んだ。

「私は石を土に変えることができる」と丘孝は言った。

「私は土を石に変えることもできる」とも彼は言った。


祖先を明らかにすることは重要だ。奉養も同様に重要だ。

丘蟻にとっては、土は食物だが、石は違う。

「石が変わってできた土は、本来の土よりも美味しく、栄養もある。それを母アリに提供するのは、さらによい。より栄養のある食物を提供することこそ孝心だ」

丘孝は、自分はウソつきではない、自分の言ったことはすべて本当だと言った。

丘蟻一族にとって、ウソをつくことは問題ではない。ウソをついて始めて正常といえるのかも知れない。しかし、彼がウソつきかどうかに関係なく、皆は彼がどのようにして石を土に変えるのかを見たいと待っていた。

「石を土に変える。海が涸《か》れ、石が砕ける。石は砕けるものだ。石が砕けたら、それは土に変わる。もしすべての石が土と変わったら、丘蟻一族は永久に食物に欠乏することはなくなる」

丘蟻にとっては、土を石に変えることは、比較的に簡単だ。蟻塚は唾液を土に加えて固めたものだ。土で出来ているのに、石のように堅い。

「あんなに土があるのに、それでも十分ではないのか？」

「食物は多ければ多いほどよいではないか？　多ければ多いほど心配がない」

「石は素早《すばや》く土に変わるのか？」

「石が土に変わるのには幾万年、幾十万年かかる」

「一匹の丘蟻の寿命は、どれほどか？」

「一匹の丘蟻ではなく、丘蟻一族の生命によって計算しなければならないことだ」

「われわれゴキブリは、こんなふうに考えている」と一匹のゴキブリが丘蟻一族に言った。

丘孝はすでに、ゴキブリがたしかに丘蟻一族の先祖であり、現在、ゴキブリ一族も丘蟻一族の近親であることを確認している。

「ゴキブリは臭い。相手にするものがいるのか？」と丘蟻一族が言った。

「丘蟻にもまた臭みがある。自分では感じていないだけだ」とゴキブリが反駁した。

たしかに丘蟻一族にも臭みがある。しかし、彼らは、ゴキブリよりもよいと思っていた。

「丘蟻の味わいは香ばしく、花のようだ」と丘蟻一族は言った。

なお、ゴキブリと丘蟻では言葉が非常に通じにくい。ゴキブリが白というのは、丘蟻にとっては黒だ。ゴキブリが大というのは、丘蟻にとっては小だ。

実際、このような言語の混乱は、丘蟻も感じている。彼らから言えば、黒は白で、白は黒だ。彼らには、いくらか、このような感覚がある。

「ゴキブリ一族の言うことにも、道理がある」と丘孝は言った。

「道理があるということは、道理がないということか？」

「道理があるということは、道理がないということだ。これは普遍的な道理だ」

丘孝は、ちょっと考えてから、また言った。

「宝石も石だ。宝石はもっとも栄養のある食物だ」

万寿石と呼ばれる石がある。ダイヤモンドよりも硬いと言われている。石は硬ければ硬いほど価値がある。ダイヤモンドは、もっとも硬い石だ。丘孝は、この万寿石を万歳土に変え、母アリに献上し、彼女に食べさせ、万寿無疆《ワンショウウーチャン》(10)になってほしいと考えた。

「万寿無疆」

「孝は天を動かす」

一部の丘蟻は非常に感動した。

間もなく、母アリは石を吐き出した。

「どうして？」

「とても硬い。石は、どのように食べたらよいのか？」

「消化には時間が必要だ」

「消化どころか、歯が立たない」

「そうか、そうか。母アリの歯を換えなければならない」

「そうか、そうか。歯を換える。丘蟻一族は歯を換えなければならない」

一匹の小丘蟻が前脚を一本咬み切って、母アリに献上したいと言った。しかし、母アリが動けないのは、ものが食べられなかったのではなく、ものを食べ過ぎた結果だった。小丘蟻は脚を一本犠牲にしたが、とても満足だった。このような犠牲は、以前には、よくあった。今は少なくなっているようだ。しかし、孝心は、もっとも重要なことだ。孝心は昔も今も変わりはない。だが、母アリが万寿無疆であるためには、小丘蟻の一本の脚では何の足しにもならない。無用なものだった。

「何の足しにもならない？」と小丘蟻は言った。

「お前は、どうしてこんなことをしたのか？」と丘信は小丘蟻に問うた。

「これは丘蟻一族の古い教訓だ」と一群の小丘蟻が声を揃えた。

「ほかにも、古い教訓がある。もし一匹のハチがやって来て母アリを刺そうとしたら、お前たちはどうする？」

「ハチはあまりに大きい。丘蟻一族にとって、ハチは実際、あまりに大きい。しかも、古い教訓が言っているのは蚊であって、ハチではない[11]」

「お前は、よく勉強している。それなら、蚊がもし襲ってきたら、どうする？」

「われわれは母アリを攻撃から守る」

「その方法を言ってみよ」

「蚊を追い払う」

「追い払えない時は、どうする？」

「蚊に、われわれを刺させる。この点は、実行できる」

「蚊は、どう相手を選んで刺すのか？」

「われわれの額には《孝》の字が刻まれている」

「蚊は字を読めるのか？」

「ほかに、われわれは母アリを囲んで運動する」

「運動するとは？」

「運動して体温を上げる。蚊は体温の高い食物が好きだから」

「そんなことは小さい事で、小丘蟻でもできることだ。もちろん、幼い時から学んできた、大切なことだ」

「こんなことは小さい事だ」

「何が大事なのか？」と丘信は丘孝に問うた。

「ウソをつくことこそ大事だ」

「ウソをつくことも孝か」

「間違いではない。すべての美徳はウソから来る」


あれらの名前のない丘蟻に比べれば、丘孝の仕事は実に重大で、多岐にわたっていた。もっとも重要なのは、やはり孝心だった。丘孝は、石が必ず土に変わることを信じていた。幾千年、幾万年、幾十万年、孝心を堅持して待つ。一代で足りないなら、千代万代、堅持して待つ。一匹の丘孝で足りないなら、一千匹の丘孝、一万匹の丘孝がいれば、よいはずだ。丘孝はさらに、そのように考えていた。

彼は歯で咬んでみたが、万寿石はあまりに硬く、一点の損傷も加えることができなかった。別の方法があるかも知れない。

彼はかつて聞いたことがある。水滴が絶えることなく岩石に落ちれば、千年万年ののち、岩をえぐり、一個の空洞をつくり出すことができるということを。

時間は、一個の鋭利な刀だ。

丘孝は一個の万寿石を持ち出し、地上に置いた。彼は自分の身体を使って計ってみた。それは不完全な球体で、直径が彼の身長の倍ほどあった。

彼は、この石に十個の穴をあけ、これによって石を砕き、磨《す》りつぶして土に変えることを思いついた。

水はどこにある？　しかし、丘孝は砂漠の中に、水の滴るところを探し当てることができなかった。

彼は孝を尽くすことができないので、心を傷め、声を上げて泣いた。

そうだ。涙を使うのも一法だ。だが、彼の眼から落ちる涙は一日、三滴に過ぎなかった。しかも、涙の粒も、あまりに小さい。

この一点のために、彼らも泣き、涙も涸れかかった。それほどに泣いても、一万滴にも達しなかった。

どうする?

丘孝は全丘蟻に命令を下した。順番に来て涙を滴らせよ、と。彼らは長い隊列を作った。丘孝は、この時、彼らの一族がこんなにも多いことを発見した。もし彼らを横一列に並べれば、全砂漠を包囲することも可能かも知れない。

「何という偉大なる一族だ」

彼らは自分自身を褒め、称え続けた。

彼らは長い間、涙を落とした。丘蟻の命は石に比べてみると、あまりに短く、涙も小量なので、万寿石は一揺《ひとゆら》ぎもしなかったからだ。

実際は、丘蟻の命も非常に長かった。石はそこで風に吹かれ、雨に打たれ、丘蟻も代から代へ、命は続いた。ゴキブリの言うのが正しく、幾万年、幾十万年が必要だった。

「ゴキブリはウソをついている」

この時、丘孝は新しいことを試みることに決めた。新しさは進歩だ。彼らは母アリを入浴させることにした。彼らは涙や唾液で母アリを洗うことにした。彼らはまた涙は真情を表し、また孝心も表すものと信じていた。母アリは美を愛するとともに、清潔も愛した。彼らは順番制を採用した。彼らは孝心を表すために、母アリの白い身体をキュッキュッと赤くなるまで、こすり清めた。

「紅いのは、さらに美しい」と丘孝は言った。

「紅い母アリ！」

「紅いのは、さらに美しい」と小丘蟻たちは声を合わせた。

皆は一層、気力を奮って母アリを洗った。力が余りすぎて、皮が剝《む》けるところも生じた。

「アヤー」と母アリが声を上げた。

母アリは平素、物静かだから、これは非常事態だ。

「どうなされた？」

「痛ッ」

「問題ない。声を上げられるのは健康の証《あかし》だ」

「母アリの痛みは丘蟻一族の孝心の表れだ」

丘信は外に向かって宣言した。われわれには一匹の母アリがいるが、夕空のように世界でもっとも美しい母アリであり、また世界でもっとも美しい女王アリ――紅い母アリであるとともに紅い女王アリだ、と。

名前には、意味がある。だが、丘悌は常々困惑を感じていた。自分の名前が何を表しているものなのか、分からなかったからだ。そこで彼は丘智に問うた。以前は、丘蟻一族は、このような問題に突き当たった時は、丘信に問うた。丘信が議論を好み、常に新しい真実を説いていたからだ。しかし、ある時、丘悌も古い真実も非常に重要であることに気づいた。二千年、三千年前の古い真実はたしかに非常に重要だ。古い事実がなければ、どうして新しい事実を生み出すことができよう？　新しさこそ進歩だ。

丘智は大分年をとった丘蟻だ。委員ではなく、ただ顧問として認められていた。表面上は尊敬されているが、実際は、そうではない。しかし、丘悌はやはり丘智を訪ねて聞いた。

「智とは何か？」

「智は土であり、水だ」

「それなら、悌とは何か？」

丘智は丘悌に言った。悌とは弟のことで、つまり、よい弟とならなければならないということだ、と。

「どのようにして、よい弟となれるのか？　誰が兄なのか？」と丘悌が聞いた。

「丘蟻はすべて、お前の兄だ」

「なぜ？　どうして私より年が少ない者も兄なのか？」

「そうだ。このよい名前は、お前の身分にふさわしい」

「名前のない者であっても兄なのか？」

「そうだ……」

「私より年が少ない者、名前のない者は、あんなに多くいるが？」

「どの丘蟻も、お前の兄だ」

「幾万匹いてもか？」

「そうだ。幾万匹、幾十万匹いても皆、お前の兄だ。お前は幸福者だ」

「ああ。それならば、具体的には、どうしたらよいのか？」

「たとえば、物を食べる時、大きいものを兄に譲る」

「あッ、分かった。私は大きいものを相手側に譲る。それでよいのか？　それなら、相手側が大きいものを私に譲ろうとしたら？」

「それは……」と丘智はヒゲを撫でながら、うなった。丘蟻には、ヒゲのある者は少ない。

「わかりました。わかりました」

丘悌は了解した。相手が大きいものを自分に譲ったら、自分が小さいものを相手に譲ったことにはならない。食べ物を貯蔵することは丘蟻の美徳だ。これはゴキブリにも、イナゴにもできない。ただ丘蟻だけが食物を貯蔵することをわきまえている。その場合は、相手に譲ることはない。相手もきっと、このようにすると彼は思った。

「これは悌といえるのか？」

「その通り。悌といえる」

「礼とは何か？」と丘礼は問うた。

「礼とは一種の秩序であり、儀式だ」と丘智は答えた。

「つまり時間と空間だ」

「彼は何を言っているのか？」

「時間とは後先のことであり、空間とは位置のことだ」

「私には、分からない」と丘礼は言った。

「お前は脚を六本、持っているだろう。そうではないのか？」

「そうだ。丘蟻はすべて皆、六本の脚を持っている」

「お前は歩く時、もしあべこべに脚を出したら、六本の脚を同時に動かすことはできないだろう。

そうではないのか？」

「飛行する時は、脚を動かすとは限らない」

たしかに丘蟻の中には羽根があり、飛翔できる者もいる。

「時間は過ぎ去るもので、一匹の丘蟻が占める空間も限りがある」

丘智の回答は、丘礼には全く理解できなかった。

「砂漠では、雨の降る前後、虹が出現する時があるだろう。虹は美しい。虹は一種の秩序で、紅い色は外側に、紫色は内側に出る。しかし、大空に二筋の虹がかかる時は、その順序がひっくりかえり、二番目の虹は外側が紫色で、内側が紅い色になる。なぜかな？」

「分からない」

「地上にも、さまざまな異なった色がある。どの色がもっとも重要かな？　あるいは貴重かな？　紅い色という者もいれば、紫色という者もいる。また黄色という者もいる。しかし、もっとも多い色は二種類の色が混じり合ったものだ」

「虹の色を全部混ぜ合わせたら、どうなるだろうか？」

「黒になる」と丘智が答えた
「本当か？」

「疑うなら、試すがよい」

丘礼がためしてみると、すべての色が消えてしまった。

「これは何色か？」

「黒だ」と丘智が言った。

「色がなくなれば、黒」

「そうだ。その通りだ。色がなくなれば黒だ」

丘智の話は疑うことができなかった。


小隊も、一種の秩序だ。

「隊列への割り込みも一種の秩序ではないのか？」と一匹の小丘蟻が問うた。

「割り込むのも当然、一種の秩序。前の方から隊に加わっても一種の秩序、後方から並んでも一種の秩序だ。秩序は違っているが。礼は秩序だ」

アリはもっとも秩序を持っている。外観が似ているので、白アリは自分をアリの一族だと称している。でなければ、どうして類似の名前を持っているのか？　しかし、アリは白アリをゴキブリの変種だと言う。

にっくきアリだ。

アリには本当に秩序がある。仕事をする時、隊を組み、また物を食べる時も隊を組む。戦う時も隊を組んでいる。

「お前たち仕事をする時、隊を組めば後ろに並び、物を食う時には前に並ぶ。戦う時は何と後ろに並び、転進という」とアリは白アリを笑った。

「アリは一級のウソつきだ」と丘信は言った。

「アリは友なのか？　兄弟なのか？」と丘悌が問うた。

友か敵か――これは大問題だ。少しばかり討議する必要がある。

「アリは友でも、兄弟でもない。敵だ」と丘信は言った。

「敵でなければ、友でもないのか？」と丘悌が再び問うた。

「友でなければ、敵だ」と丘信が言った。

「そうだと、敵はあまりに多く、友はあまりに少なくなりはしないか？」と丘悌が三たび問うた。

「クモは、自分たちは丘蟻の友だと言っている。また、砂漠のクモは、巣を張らないから、危険はないと言っている。しかし、巣を張らない方が、かえって怖い。巣を張っているクモは、それに接近しなければ安全だが、巣を張らないクモは、到るところに出没し、丘蟻を食べてしまう。クモは敵で、友ではない」と丘義が口をはさんだ。

「クモ以外にも、私たちには、多くの友人がいるぞ」

「サソリは、自分たちを天使だと言っている。彼の口はキスするためのもので、獲物を捕殺するものではない、と。しかし、その尻尾は恐るべき捕殺の道具だ。サソリもまた敵だ」と丘義がまた口をはさんだ。

「では、誰が友と言えるのか？」と丘悌が問うた。

「お前の友は、お前自身だ。お前自身だけだ」

「丘蟻一族も、自分と考えてよいか？」

「そうでもあるし、そうでもない」

「とすると、友は自分一人しかいない」

「そう言えるだろう」

「自分一人？　たった自分一人？　あまりに少なくはないか？　あまりにも孤独ではないか？」

「少ないことはない。そんなことはないぞ。幸運にも、お前は自分という友を持っている。それがない者もいる。自分という友も失ってしまったら、それこそ本当に孤独だ」

「あなたも、ただ自分という友しか持っていないのか？」

「私のことは、どうでもよい。太陽は孤独ではないのか？」

「太陽には星と月がある」

「太陽がひとたび現れれば、星は消え、月も色あせてしまう」

「では敵はあまりに多く、大丈夫かな？」

「敵がいなかったら、どのように毎日を過ごすのか？」と丘義が言った。

丘義の話し方は、ほかの丘蟻と異なっていた。丘蟻がウソをつく時、ある時は矛のようで、ある時は盾のようだ。盾は防衛のために使い、矛は攻撃のために使うものだ。矛を多く使えば、盾を使うのが少なくてすむ。丘義は、どちらかと言えば、矛を使うのを好む。そのため、自分の矛を用いて、自分の盾を刺したこともあった。

「太陽には仁義がない」と丘義は言った。

「どうしてだ？」と丘礼が聞いた。

「太陽は沈むから」

「太陽がもし沈まなければ、大地は乾き切ってしまうぞ」と丘智が言った。

「月は信用できない。いつも欠けた餅を売っている」

「星は泥棒だ。あんなに沢山の宝石を盗みとり、自分の身を飾っている」

丘義はひとたび口を開くと、往々止まることを知らなかった。

「星がなくなってしまったら、夜もなくなってしまうぞ」と丘智が言った。

「丘智は友ではない。彼は丘蟻一族のためになることをしないし、丘蟻一族のためになる話もしない」と丘義は言った。

「丘智は友ではない」と丘蟻一族が言った。

「丘智は友ではない。悪党だ」と丘義が言った。

「丘智は友ではない。悪党だ」

「丘智は悪党だ。丘智は悪党だ」

「悪党は善人ではないのか？」と丘智が言った。

「丘智は悪党だ」

「悪党は善人」

「いや悪党は悪党、悪党だ」

丘蟻一族は叫べば叫ぶほど大声となった。顔だけではなく、全身も紅くなった。砂漠は、見渡す限り、紅い絨毯を敷いたようになった。

「紅いイナゴがまたやって来たのか？」

「紅いイナゴではない。驚く必要はない」

「あなた自身は善人か？　それとも悪党か？」と丘礼が丘義に聞いた。

「私はウソをつけない丘蟻だ」

丘義は果して、ほかの丘蟻と違って、顔が白かった。彼は本当にウソを言わないのか？　ウソをついても、顔が赤くならないのか？

「ウソをつけない丘蟻がいるのか？」と丘智が言った。

「疑問があるのか？」

「あなた自身は、あなたの友か？　それとも、あなたの敵か？」と丘礼が丘義に問うた。

「自分は、よい虫だ。百パーセントよい虫だ」と丘義が答えた。

「丘蟻一族はすべてよい虫ではないのか？」

「丘蟻一族はすべて私同様、よい虫だ」と丘義は頭を上げ、大空を仰いで言った。

空には雲が移動していた。速い速度で移動していた。

「私も、あなたのようか？」と丘礼が問うた。

「丘蟻一族は、世界でも超特別な昆虫で、また世界でもっとも優秀な昆虫だ」と丘義は言い、また空を見た。

「丘蟻一族は、世界でもっとも優秀な昆虫だ」と丘蟻一族が声を合わせた。

「もっとも優秀な昆虫だ」

「もっとも優秀な昆虫だ」

「クモこそ、もっとも価値のある昆虫だ」とクモが言った。

「クモは昆虫ではない」と丘蟻一族が言った。

「なぜ？」

「クモは脚が八本ある。昆虫ではない」

「仲間を分裂させてはいけない」

「脚が八本あるのは、タコではないのか？」

「クモはタコではない」

「クモはタコでも、昆虫でもない」

「丘蟻一族は、世界でもっとも価値のある昆虫だ」

「もっとも価値のある昆虫だ」

「もっとも価値のある昆虫だ」

丘蟻一族は叫べば叫ぶほど、声が大きくなった。

丘蟻一族は叫び終わると、不安げに変化を待ったが、どんな変化も現れなかった。大地は静かで、一粒の砂さえ風に吹かれて飛んで来なかった。

変われ、変われ、変われ。

「どうして変化が起きないのか？」

変われ、変われ、変われ。

「奇怪だ」

「本当に奇怪だ」

本当に一粒の砂さえ風に吹かれて飛んで来なかった。

「奇怪だ。これはウソではないのか？　それとも、ウソに効果がなくなってしまったのか？」

変わらない、変わらない、少しも変わらない。過去にも、このような経験があった。


丘廉と丘恥は結合双生児、双頭の結合双生児だ。一般に丘蟻の世界では結合双生児の生存率は決して高くないが、丘廉と丘恥は生存し続けているだけではなく、精力が満ちていた。彼あるいは彼らは必ず長寿を全うするだろう。

丘廉と丘恥が最初にぶつかったのは、名前の問題だ。廉恥は、よい名前だ。頭が一つなら問題はないが、二つとなると、どう呼んだらいいのか？　別々に丘廉、丘恥と呼ぶべきか、それとも二つまとめて丘廉恥と呼ぶべきか？

「丘仁と呼んだらよい」と一匹の小丘蟻が言った。彼は委員ではないが、すでに委員が話すようなポーズを身につけていた。彼は、やがて委員に選ばれるに違いない。それは長年の訓練の賜物だ。

「なぜ丘仁なのか？」

「仁の字は、これまで使われたことがない。仁智勇も美徳だ。仁は最初の字で、その重要性を表している。また、仁は一つで、二つを代表している。だから、この字は、一つの身体で二つの頭を持つものを表すのに、もっとも適している」

「すばらしい。悪くない」

「ダメ、ダメ」

「どうして？」

「丘蟻一族は廉恥の邦であり、また両美徳は切り離すことができないからだ。廉恥は、結合双生児にぴったりの名前だ。丘廉恥を優先させなければならない」

「そうだ。廉恥は、もっとも重要だ。丘廉恥を優先させなければならない」

しかし、丘廉と丘恥はそれぞれ頭部を基準にして自己を堅持していた。とはいえ、身体は一つ、心臓も一つだった。

頭が二つあるというのは、実に煩わしいことだ。両対の眼が見ているのは、永遠に異なったものだ。

「あれは紅い」

「あれは緑だ」

「花は紅い」

「葉は緑だ」

もっと煩わしいのは、彼らがいつも喧嘩をしていることだ。彼らは孵化して以来、ずっと喧嘩のし通しだ。眼が同じものを見ていない、などというのは小さな事で、一番厄介なのは、一方の頭が東へ行きたいと言えば、片方が西へ行きたいと主張し、相互に譲らない場合で、互いに力んで、あわや身体が引き裂かれてしまいそうになることだ。

「エイヤー」

二つの口が同時に叫んだ。二つの頭は自分こそが身体を代表していると言っているのだ。

「エイヤー」

身体も二つの部分に分かれてしまったようだ。

「何で丘廉というのか。お前には、ひとかけらも清廉というものがない」

口も二つあり、実に大きかった。それぞれ食べることができるし、話すこともできた。しかも、話すにつれて声を大きくすることができた。相手方を圧倒しなければならなかったからだ。

「何で丘恥というのか。お前は全くの恥知らずだ」

彼らは早朝から晩まで、また晩から早朝まで争っていた。とどまることなく相手を攻撃した。

「喧嘩は止めろ」

「喧嘩はウソをつくことではない。丸一日、喧嘩して何になる？」

「お前には、廉恥心というものがない」と丘廉は丘恥を罵り続けた。

「お前こそ、廉恥というものを知らない」と丘恥も丘廉に罵り返した。

「お前はラバだ。誰が父親なのか知らない」

「お前こそラバだ。母親が誰なのか知らない」

「私の父は馬だ。子供は父親によって認知されている」

「私の母は馬だ。母親が誰なのか、はっきりしている。父親が誰なのか、ということなどは重要ではない」

彼ら自身、誰が誰を罵っているのか、分からなくなっているようだ。


「ラバの母親は馬で、父親はロバだ」と丘智は言った。

「丘智はウソをついている」と丘信は仲裁に入った。

「われわれは頭を一つに変えることができるのではないか？」

「頭を一つに？　どちらかの頭を除去する必要があるということか？」

「あちらを取り除け」

「あちらを取り除け」

二つの頭は、あわてて互いを指さした。

「頭一つなら、名前は一つでよい」

「廉がよいか？　それとも恥がよいか？」

「廉が重要か？　それとも恥が重要か？」

「廉恥はともに非常に重要で、ともに必要だ。丘蟻一族は、どうして廉恥なしですますことができよう？」

丘智は丘廉と丘恥に言った。丘蟻一族は幾千年来、魔の呪文があり、ウソさえつけば、いや真実の反面、つまり新しい真実をさえ言えば、大きな変化が起きると信じてきた。二つの頭を一つに変えるというのは、大きな変化だ。太陽を西から昇らせるよりも、さらに大きな変化だ。非常に大きなウソ、いや非常に大きな新しい事実を言う必要がある。いや、ダメだ、このような大きい事には、やはり非常に大きなウソ、百パーセント掛け値なしの完全なウソを使わなければ、効果を期待できないだろう。

「それは？」

丘廉と丘恥はしぶしぶ協議に応じた。

「太陽は東から昇る。これではどうか？」

「無責任なことを言うな」

「なぜだ？」

丘蟻一族の了解では、太陽は西から昇る、だったからだ。これはウソだったのか？

「そうだ。これはウソだ。非常に大きいウソだ」

何の変化もない。

奇怪だ。なぜ変化がないのか？

「太陽が、こっそり月を食べてしまった」と丘廉と丘恥が、この一句を加え、静かに変化を待った。彼らはみな非常に緊張していた。彼らは、どんな変化が起きるのか、全く知らなかった。


変われ、変われ、変われ。

「変わるな」と忽然《こつぜん》、一匹の小丘蟻が一言を発した。

「どうして変える必要がないのか？」

「二つの頭は、順番に眠ることができる」

「お前が眠れば、私は眠らない」と丘廉は言った。

「お前が眠れ。私は眠らない」

変われ、変われ、変われ。

やはり何の動きもない。

「変化が起きて、二つの頭が四つに変わってしまったら、どうする？」

「太陽が二つでは厄介だ。空に四つの太陽が現れるとは天下の大乱ではないのか？」

丘廉と丘恥は、さらに不安になった。

ただし、彼らには変化が必要だった。変化が何よりも必要だった。頭が二つあるのは実際、不便極まりない。もし変化の結果がよくなかったら、再びウソをつき、再変を期待すればよい。しかし、どうして、どんな変化も起きないのか、彼らには理解できなかった。依然として、微風さえも吹かなかった。どうしてなのか？

「太陽は東から昇る」

「ダメ、ダメ。それは、すでに言った」

丘蟻一族はほとんど毎日太陽を見ていた。彼らにとって、太陽は平凡そのものだった。

「すでに言ったことだと、どうしていけないのか？」

「最大のウソを言って、それが本当になった。二度成就できないのが魔の呪文だ」

「お前は口から出任せを言っている」

「お前こそ口から出任せを並べている」と丘恥は丘廉に言った。

「それでよい」と丘智が言った。

「どうしてだ？　はっきり言ってくれ」

「丘蟻一族は、もっとも誠実な昆虫だ。幾千年、片言もウソを言ったことがない」と丘智は傍らの小丘蟻を諭した。

「これは事実だ。どうしてウソということができよう？」

「年齢が小さければ小さいほど、話すことが真実となる」と丘智は言った。


丘智がまだ話し終わらないうちに、大地が揺れ動きはじめた。丘廉と丘恥の身体も不断に震動し、二つの頭も不断に揺れ動き、解体してしまいそうだった。

「アッ、痛ッ」

丘廉と丘恥の頭は何度もぶつかり、同時に痛みを訴えた。

丘廉と丘恥の身体が震動して三分間もすると、分解した身体が今度はゆっくり接合しはじめた。

変わった、変わった、変わった。

ヒン、ヒン、ヒン、ヒン、ヒン。

ヒン、ヒン、ヒン、ヒン。

「何に変わったのか」

「鹿、鹿だ。ワッ、鹿になった」と丘信が言った。

「頭は二つか、それとも一つか？」

「二つだ」

「ワッ、これは二つ頭、二つ頭の鹿だ」

「鹿ではない。馬だ」

「どうして分かる？」

「叫び声を聴けば、わかる。声はウソをつかない」

ヒン、ヒン、ヒン、ヒン。

「これは馬だ」と丘廉と丘恥は言った。彼らは、馬は鹿より身分が高いと考えていた。

「鹿だ」

「角がない。どうして鹿といえるのか？」

「角のない鹿だ」と丘信は譲らなかった。

「馬は奇蹄《きてい》だ〔12〕。偶蹄ではない」

「何が偶蹄か」

「豚だ」

「走ることができれば、奇蹄か偶蹄か、どうでもよい」と丘信が言った。

「豚も走ることができるぞ。走りながら、叫《おら》ぶ。犬を後ろから追いかけさせてみよ。大声をあげるだけではなく、犬よりも速い」

「どんなふうに叫ぶ？」

「前進《チエンチン》、前進《チエンチン》と」

「それは犬の叫び声だろう」

「違う。豚の声だ。豚が前進、前進と言っているのだ」

「豚は逃げているのではないか？」

「逃げるためには、前に突進しなければなるまい。前に突進するから、前進だ」

逃走はつまり突進だ。これが豚の理論だ。

「なお、彼らの尻尾は一様ではない。鹿の尻尾は短く、しかも、ヒモ状だ」

「ヒモ状ではない。ブラシ風だ」

「ブラシ風ではない。ヒモ状だ」

「尻尾は長いのが重要か？　尻尾はヒモ状なのが、とても重要か？」と丘信が言った。

「とても重要だ。大きな尻尾は子孫が多いことを表している。一代から一代へ、長く伝わっていくということだ」

「尻尾の形は逃走の仕方を決定する。《走ってきて尻尾を立てる》、という言葉がある」と丘智が言った。

「馬の尻尾は長い方がよい」

「尻尾の長さは重要ではない。尻の大きさこそ重要だ。まさか尻尾をたらすのが、尻を打つのより重要というのではあるまい？」と丘廉と丘恥は同時に言った。

「鹿にも尻はあるぞ」

「鹿の尻は、あんなに小さい。打つ者がいるのか？」

「鹿は喧嘩が好きだ。角を使って喧嘩をする。角のない鹿は、どんなふうにして喧嘩するのか？」

と丘廉と丘恥が言った。

「馬も喧嘩するぞ」

「馬には角がない。どんなふうにして喧嘩をするのか？　頭を使って突くのか？」

「脚を使って蹴るのだ」

「そうだ。みんな、馬が蹴るのを知っている」

「身体の向きさえ変えれば、脚を使って蹴ることができる」

「回転蹴りというやつだ」

「だから、これは鹿ではない。馬だ」と丘信はちょっと考えてから、再び言った。

「私たちは鹿だ。馬ではない」と丘廉と丘恥が言った。

「なぜだ？」

「鹿の角は、馬の脚より綺麗だ。角は頭上に生えるが、脚は腹の下に生えている」

「お前たちは馬だ。鹿ではない」と丘信が言った。

「なぜだ？」

「馬は鹿より身分が高い」

「馬は鹿より身分が高いのか？」


半日争ったところで、変化が起きた。最後に皆が、丘廉と丘恥が一匹の馬であることに意見の一致を見たからだ。おお、何という美しい馬よ、馬はすべての鹿よりすばらしく、少なくとも丘蟻一族より上等だ。馬は砂漠の王者だ。初めて丘廉と丘恥は満足した。


しかし、この馬にも、依然として二つの頭があった。一つの身体に四つの脚と一本の尾があった。二つの頭は、一つが黒で、もう一つは白色だった。ところが、白い方は鼻筋が黒で、黒い方は鼻筋が白だった。胴体は黒白入り混じっていたが、シマウマのように縞状ではなく、白と黒のブチで、鹿の斑点より大きかった。ツギを当てたようにも見えるが、見た目は悪くなかった。最初、丘信が彼らを鹿と言ったのは、その皮が鹿に似ていたためかも知れない。そのほか、尻尾は黒白縞模様のヒモ状で、雨傘節《イーサンチェ》〔13〕に似ていた。

「雨傘節とは何だ？」

「蛇だ」

「咬むか？」

「咬む。毒蛇だ」

「そいつは咬むのか？」

「咬む。用心が必要だろう」

四つの脚は二本が黒、もう二本が白、左右にも前後にも分かれていない。対角線を成している。色の配合はともかく、四つの脚は実に美しく、最高だ。また、細長く、健壮で、本当に駈けるのにピッタリだ。宏大な砂漠を駈けるのにもピッタリ。実際、馬に変わってから、彼あるいは彼らも駈けてみた。駈け抜けたところは、蹄の音とともに、一陣の砂塵が舞い上がった。

本当に英姿煥発《かんぱつ》、何という威風か。すべての丘蟻はみな、羨望と賞賛の眼差しで、駈け抜ける馬を見た。多くの丘蟻が、そのため砂塵とともに舞い上がった。


今や丘蟻は馬になった。名前を改めなくてもよいのか？　いや、いや、当然、改めなければならない。馬の階級を言えば、馬は丘蟻よりも身分が高く、当然、それにふさわしい名前に改めなければならない。そこで、丘廉は馬廉、丘恥は馬恥となった。丘廉恥も、馬廉恥となった。

一切はすべて、このように順調に進んだ。

だが、彼あるいは彼らは依然、頭が二つだったので、満足は次第に不満に変わっていった。

一方が駈けたいと主張すると、他方が休息したいと主張する。一方が草を食べたいと言うと、他方が水を飲みたいと応える。

「あまり沢山、食べるな」

「お前こそ、あまり沢山食べるな」

「これは私の口だ。口は二つある。一つは私のものだ」

「腹は一つしかない。腹は私のものでもある。私も負担しなければならない。お前は実に欲が深い」と馬恥が馬廉に言った。

「恥知らず[14]」と馬廉は即座に言い返した。

「誰が、私を恥知らずと言うのか。顔がただ長いだけだ。馬はすべて顔が長いぞ。まさか、お前の顔は長くないとでもいうのか？」

さらに興味深いのは、白い脚は白い頭の命令だけを聴き、黒い脚も黒い頭の命令だけを聴くので、二つの頭が違った命令を出すと、四本の脚が絡まってしまうことだ。また、こんなことも起きた。あのヒモ状の尻尾は、馬が駈けると、波のようにのたうった。白い頭が命令を出すと、白い部分が波頭に上がり、黒い頭が命令を出すと、白い部分が波の底に落ち、その後、再びひっくり返った。言うも奇怪、はじめは頭が尻尾に命令を出していたが、のちには尻尾が頭に命令を出すようになった。尻尾がまず揺れ動き、それに頭が応ずるようになったのだ。

尻尾が頭をコントロールするようになってからは、黒い頭が黒と言えば、白い頭がきっと白と言うようになった。逆も同様だ。

「鼻高々の尻尾よ」

「縄跳びができそうなヒモよ」

「本当に美しいヒモ！」と小丘蟻が言った。

「お前は、どうして尻尾だけを賞賛するのか？」と丘智が言った。

「黒頭、お前は悪いやつだ」と白い頭は黒い頭を大声で罵った。

「俺は黒頭じゃない。俺の鼻を見ろ」と黒い頭は言い返した。

「白と黒の面積の割合を考えよ」

「太陽と月では大きさが違うじゃないか。面積の割合に意味があるのか？」と丘智が言った。

「そうか？　黒い鼻筋、お前こそ黒頭ではないか。お前こそ悪いやつだ」

黒い頭も負けを認めず、白い頭に向かって罵り始めた。

黒い馬と白い馬が大声で罵り合うと、全身が震え出した。頭は二つだが身体は一つだったから。

鹿は角で喧嘩する者だ。馬の喧嘩作法は脚で相手を蹴り上げることだが、さらに有効な方法は身体を使って相手側を打つことだ。長い首を持つ鹿は首を下げて相手を攻撃するが、馬は首が太くて短い。しかも黒い馬と白い馬は身体が一つなので、打ち合うことも、咬み合うこともできない。ただ絶えず足を踏ん張ったり、グルグル同じところを回るしかない。毎度、回るごとに地上に円状の踏み跡ができた。

「止まれ」

黒い頭が先に口を開き、黒い脚で白い脚を蹴り上げた。

馬もロバも、脚がもっとも重要な武器だ。

「昔、ロバの御先祖様が脚で虎を蹴り上げたことを思い出した〔15〕」

「その結果は？」

「虎は驚いて逃げた」

「肝の小さい虎だ」

「意気盛んなロバだ」

「馬は馬、ロバではない。馬の方がすごい」

「でも同類だぞ」

「馬の方が蹄が大きいし、石のように硬い」

「お前は虎を蹴れるか？」

「虎が出てきたら、蹴る。虎はロバを恐れている。馬を恐れないことがあろうか？」

「ホラを吹くな。お前は、ここには虎がいないことを知っている」

「ホラを吹くのは小さい事だ。ウソをつくことが大切だ」

「止まれ、と俺は言っているのだ」

「お前こそ止まれ」

白い頭は負けを認めず、白い脚を上げて黒い脚を蹴り返した。

こちらが一蹴り、あちらが一蹴り、白い脚と黒い脚は蹴ったり、蹴られたり、全身の震動も止まらなかった。

「止めろ、止めろ」と尻尾が命令を出した。

尻尾は、白い前脚と黒い前脚がすでになよなよとなり、身体を支えられなくなってきたのを認めたのだ。

だが、黒い脚と白い脚はなお相手側を蹴り上げ続けたので、ついに地上に跪《ひざまず》き、倒れてしまった。

「ここで倒れてはいけない」と黒い頭が緊張した面持ちで叫んだ。

「どこがよいか?」

「そうだ。よいところを見つけなければならない」

「あそこだ」と白い馬もわめいた。

「早く、早く起ち上がれ」

尻尾は馬が長い間、倒れたままで、再び起ち上がれなくなるのを恐れた。

「すべての馬は、よい馬だ。お前が、あの黒い馬でなければ。黒い馬は腹黒だ。消えてなくなれ」

馬は黒白双方の脚で身体を支えて、ようやく起ち上がった。

「俺の臓物は、お前の臓物でもある。お前こそ腹黒だ。お前こそ消えてなくなれ」

「一方的に相手を責めるな。お前たちは、こんなに完璧な美しい身体を持っている。こんなに美しい脚を持っている。また、こんなにキレイな尻尾も持っている。すばらしいではないか。馬の特技は駈けることだ。お前たちは専心、駈けなければならない。お前たちは私たちを見よ。何とも憐れ、お前たちのように馬になりたいと切に希望しているのだぞ」と丘智は彼らに言った。


丘廉と丘恥は、馬に変わって以来、ずっと丘蟻たちを見下してきた。だから、丘智の話も耳に入らなかった。

「俺は東へ行きたい」と馬廉は言った。

「俺は西へ行きたい」と馬恥は言った。

「東西のほかに、南北もあるぞ」と丘智は言った。

「そんなことは重要ではない。南と北はともに太陽と関係がない」

「関係はあるぞ。太陽は、ある時は南に寄り、ある時は北に寄る。そのために夏と冬があるのだ。気温も大きく変化するぞ」

実際、この時、丘蟻一族は東西について違った考え方を持っていたので、彼らには、どの辺りが東なのか、それとも西なのか、はっきりしていなかった。今、南と北が加えられた。だが、彼らにとってはっきりしていることは、どのように言われても、両者の意見が必ず相反するものになるということだ。東西だけではなく、南北でさえ、彼らのめざす方向は必ず相反するものになるということだ。

「俺は太陽の昇るところへ行きたい」

「俺は太陽の沈むところへ行きたい」

その時、太陽はちょうど中天にあった。太陽はどちらへ移動するか？　彼らはハタと困惑してしまったようだ。

「どうするか？」と黒い頭が言った。

「俺に間違いはない。お前は俺に任せればよい」と白い頭が答えた。

「何をいうか。俺が間違ったことをしたことがあるか？　どうして俺に任せようとしないのか？」

変われ、変われ、変われ。

彼らはついに一つの共同の願望を持つに至った。何に変わっても、頭が一つになりさえすればという願望を。一番よいのは、彼らの希望通り、二つの頭が一つになり、頭一つの馬に変わることだった。頭一つの馬に変わることができさえすれば、黒い頭でも白い頭でもよい。ある種の犬のように、頭半分が黒、もう半分が白でもよい。たとえ、身体が黒白入り交じり、尻尾が黒白のシマになってもよい。彼らの期待はただ一つ、頭二つが一つに変わることだった。そのためには丘蟻に戻ったとしても構わない。

あるいは二頭の馬になってもよかった。一頭は白い馬、一頭は黒い馬、あるいは黒白入り交じった馬になってもよい。

だが、再び変わるためには、彼と彼らは再び、もう一度ウソをつく必要があった。

「馬でさえあれば、みな、よい馬か？」

これはウソだろうか？　馬簾と馬恥は、すべての馬はよい馬だと信じている。彼らも、すべての馬が、馬でさえあれば、よい馬であると信じているると信じていた。しかし、彼らは、やはり不安な気持を抱いて変化を待った。

「馬でさえあれば、よい馬だ」

この言葉は効果があるのか？

これもウソだろうか？

大地が震動しはじめた。地震のように、震動したあと、停まった。馬の身体も揺れ動いた。何の変化も生じなかった。

あの言葉は効果があったのか？

これもウソだったのか？

「廉恥だけではなく、孝・悌・忠・信・礼・義・廉・恥の八徳は、すべての馬がみな、持っている美徳だ。馬でさえあれば、みな、これらの美徳を兼ね備えている。間違いなく、馬でさえあれば、みな、これらの美徳を兼ね備えている。十全の美徳と言われるものだ」

「ノー。八徳しかないよ」と一匹の小丘蟻が言った。

「愚か者よ。小さいの、お前に何が分かる？　八は数の多さを示す言葉だ。十も同じで、これは完全で欠けるところがないということを意味するのだ。馬は、すべての美徳を完全に備えているということだ。分かるか？」

「それはウソではないのか？」

最初、馬の身体は立ったまま、一揺れし、すぐに平静に戻った。これらの言葉も効果がなかったのか？　しかし、その後、十分ほどして、馬の身体は再び震え出した。地震のように、揺れがますます激しくなり、身体が地上に転がった。見たところ、苦痛に喘いでいる様子だ。

転がれ、転がれ、転がれ。

変われ、変われ、変われ。

丘蟻一族は首を長くして期待した。

変わった、変わった、変わった。

何に変わったのか？

馬廉と馬恥の身体は縮まり、二つの頭も一つになった。四つの眼も二つになった。どう変わるにせよ、頭が一つに変わったのは、よかった。

ワッ、変わった、変わった。

「黙れ。吾輩はカメレオンだ。自分で自分を変えることができるんだぞ」

変わって出てきたのは一つの頭、間違いなく、頭が一つだった。しかし、出てきたのは一匹のカメレオンだった。

「カメレオンは、ウソをいわなくても、自分を変えることができるんだ」

「ヨォー、偉大なるカメレオン！」

「変わるというのは、ウソではないのか？」

「それは違うぞ」

カメレオンは身体の色を、衣服を着替えるように、黄色・赤・青・緑と変えて見せた。

「ワァー、すばらしい〔16〕、カメレオンは変わる」

「カメレオンは友か、それとも敵か」

丘蟻一族は依然、不安を感じていた。彼らはカメレオンが昆虫を食べることを知っていたからだ。

「吾輩は君たちの友人だ」とカメレオンは素早《すばや》く舌を延ばしながら言った。カメレオンは、頭は一つだったが、舌は二つに分かれていた。二つの舌を左右に伸ばしたり引っ込めたりした。そして、丘蟻を一匹また一匹、舐《な》め取った。

「ワッ」と丘蟻は散らばり、慌てふためいて逃げた。

「怖がるな。吾輩は友人だと言ったではないか」とカメレオンは言って、舌に舐め取った丘蟻を元に返した。

「恐ろしいのう」

その時、一匹の蚊が飛んできた。カメレオンは素早く二つの舌を伸ばし、矢を射るように蚊を絡め取った。

「一匹だけか」

二つの舌は蚊を取って二つに分けた。

「蚊は友なのか、敵なのか」

「蚊は敵だ」と丘蟻一族は声を揃えて言った。
「そうか。敵め」とカメレオンは言って蚊を腹の中に呑み込んだ。

カメレオンは自分より大きな動物に出会うと、身体の色を変えて自分を保護することができる。自分より小さな者に出会い、食べたいと思った時も、色を変え、相手側に自分を発見させないようにすることもできる。

カメレオンが色を変える仕方は、まず状況を見て、どんな色が有利かを判断する。緑色が有利だと見れば、緑色に変える。紅い色が有利だと見れば、紅い色に変える。雑色が有利だと見れば、雑色に変える。雑色は最良の保護色だ。雑色に変えて、何か不都合なことがあるのか？

これこそカメレオンの天性の本領だ。

丘蟻一族も同様の本領を持っている。しかし、カメレオンと比べると、だいぶ遜色がある。カメレオンは色を変えるだけではなく、身体をふくらますこともできる。二、三倍の大きさになる。それによって相手を威嚇するのだ。

「カメレオンはトカゲだ。トカゲの仲間に違いない」と丘蟻一族は速断した。
「何を言うのか。トカゲとは大分違う。トカゲは危険に出会うと、尻尾さえも切断してしまう」
「馬は尻尾を切ることができるのか？」

「馬の尻尾？」

馬はカメレオンに変わったが、尻尾がなくなった。

「誰が言うのか。カメレオンに尻尾がないと」

カメレオンは得意気に尻尾を揺らせて見せた。

「とてもキレイな尻尾」と小丘蟻が言った。

「尻尾を切る、切らない、は重要なことではない。重要なのは、カメレオンもトカゲだということだ」

「カメレオン〔17〕は竜であって、トカゲではない」

竜は高貴な身分だ。

「カメレオンは竜か？」

「お前は、竜とトカゲとでは、どんなに差があるのか、知っているのか？」

カメレオンも竜と言えるのだろうか？　あれはトカゲの一種に過ぎない。どうして竜と呼ぶのか？

「カメレオンは絶対に竜だ」

「カメレオンは山師だ。竜は高貴な身分だ。カメレオンは竜ではない」

丘蟻一族はカメレオンが嫌いだった。まず、その外観が好きではなかった。そのよく変わる性格が嫌いだった。言うことがくるくる変わり、丘蟻一族がどかんとウソをつきたいと思っているのと必ずしも似ていないのがイヤだった。とはいえ、丘蟻一族は随時、自分が丘蟻以外のものに変わることを期待している。他方、カメレオンは、外観や言うことが、くるくると変わっても、もとの一匹のカメレオンに過ぎない。

「ワッ、ハッ、ハ。竜と言っても一匹の虫か」

突然、丘信が飛び上がり、そう言いながら笑った。

「ワッ、ハッ、ハ。竜と言っても一匹の虫か」

丘蟻一族も皆、笑った。

「お前たちは何を言っているのか？」とカメレオンは丘蟻一族を威嚇した。

「ワッ、ハッ、ハ。竜と言っても一匹の虫か」

「吾輩の機嫌を損なうな」

カメレオンは突然、二つの長い舌を出し、丘蟻を一匹また一匹と舐め取り、そのあと舌を引っ込め、ゴクンと呑み込んでしまった。

ワーッ、ワーッ。

丘蟻一族は、先を争い、慌てふためいて逃げ散った。

変われ、変われ、変われ。

「早く、早く、早く言え」

「何を言う？」

「太陽は月の父だ」

「月は太陽の母だ」

丘蟻一族は逃げながら、叫んだ。

ドカン、ゴロゴロ、ドカン。

突然、山が崩れ、地が割れた。カメレオンの小トカゲは忽《たちま》ち風を注ぎ込んだように、止まることなく膨張し、巨大なブロントサウルス〔18〕となった。

ドシン、ドシン、ドシン。

ブロントサウルスの脚音《あしおと》は落雷のようで、大地が震動した。これこそ本物の竜だ。

もともとカメレオンとブロントサウルスは同族だが、ただ生きている時代が違うに過ぎない。

「見よ、吾輩が竜でないと言うのか？」とブロントサウルスは巨大な前脚を揚げて言った。いつでも踏みつけることができると言わんばかりに。

「竜だ、竜だ。注意しろ。蟻塚を踏みつけるな」

丘蟻一族は非常に緊張した。

ブロントサウルスは、それが耳に入らなかったようで、休む間もなく大地を踏みつけ、前に進んだ。

ドシン、ドシン、ドシン、ドシン。

大地が震え、蟻塚に裂け目ができた。壁が剝がれ落ちるものもあった。

「ダメ、ダメ」

変われ、変われ、変われ。

一匹また一匹、一群また一群、蟻塚から丘蟻たちが走り出たり、走り込んだり、ごった返しとなった。

「こんどは、どんなウソをつけば、いいのか？　大きければ大きいほど、よいだろう。早く、早く、早く考え、早く言え」

「蝶は脚を使って飛ぶ者だ」

「よいぞ、よいぞ、よいぞ」

変われ、変われ、変われ。

しかし、何の動きも起きなかった。

「鳥は尻を使って歌う者だ」

「ハッ、ハッ、ハッ」

変われ、変われ、変われ。

「ブロントサウルスは雷神だ。ブロントサウルスは脚を使って屁を放つ。雷神は眼を使って稲妻を放つ。聴くところでは、ブロントサウルスと雷神はともに近眼で、時に誤って人を踏みつけたり、殺してしまうそうだ」

「では、どんなウソをついたら、よいのか？」

「上帝が来た。でも、役立たず」

「上帝は存在するのか？」

「滅多なことを言うな。上帝のこと、滅多なことを言うな」

「構わないよ」

「上帝が来た。でも、役立たず」

「滅多なことを言うな」


ブロントサウルスが震動し始めた。身体が、空気がなくなっていくように、止まるところなく縮小した。

変わった、変わった、変わった。

何に変わってほしいのか？

「ブロントサウルスは実際、あまりに恐ろしい。何に変わってもよい」

ワッ、ワッ、ワッ、ワッ。

丘蟻一族は突然、大きな声で叫びはじめた。泣き声も混じっている。

「どうしたのか？」と、何が起きたのか状況を確認できない丘蟻が言った。

ブロントサウルスは、どうしてアリクイになったのか？

「ワッ、アリクイだ」

アリクイは白アリを常食としている。丘蟻にとって、もっとも恐ろしい敵だ。ブロントサウルスよりも、十倍、百倍、いや千倍、万倍も恐ろしい。

何に変わっても構わないが、どうしてアリクイに変わってしまったのか？

どうしてだ？

どうする？

「慌てるな。アリクイは、委員は食べない」と丘信が言った。

「あなたは委員だが、私たちは、そうではないよ」と一匹の丘蟻が言った。

だが、アリクイは近視で、誰が委員なのか、識別できなかった。いきなり、まず丘廉と丘恥を食べてしまった。

「なぜ、まず丘廉と丘恥を食べたのか？」

アリクイはただ肉の匂いをかぎだすだけで、身分は問題としていない。たしかに丘廉と丘恥はともに色は白く、肥えていて、香りもよい。

「アリクイは、丘廉恥が変化した者ではないのか？」

「彼らはアリクイに変わった以上、もはや丘廉恥ではない」

「廉恥がいないとすれば、どうしたらよいか？」アリクイは出会い順に廉恥を食べた。丘蟻一族には、すでに廉恥がいない。どうしたらよいか？」

「俺はただ廉恥の影を食べたに過ぎない。俺自身は廉恥の化身だ」とアリクイは得意気に言った。

「ワッ、こいつにも舌が二つある」

「二つではない。舌が先分かれしているだけだ」

「違う、違う、二つだ。先分かれして四つになっている」

アリクイは丘廉恥を食べたのち、すぐに母アリを発見した。それは、彼らに比べて、さらに肥え太り、さらに香りのよい丘蟻だった。

アリクイの口から涎が流れた。

「ノー」と一匹の小丘蟻が、アリクイの前に立ちはだかって言った。

アリクイは長い舌をサッと伸ばして母アリともども呑み込んでしまった。

丘蟻たちはパニックに陥った。残りの委員もパニックに陥った。丘蟻だけではなく母アリも食べられてしまった。残りの委員たちは、どうなる？　委員以下、すべての丘蟻たちはみな、恐怖のあまり、ウソが再びアリクイを変えることができるかも知れないということも忘れてしまった。

このアリクイは、もともと丘廉と丘恥が変形し、二つ頭の馬となり、次にカメレオンに変化し、命名されないうちに、ブロントサウルスに変化したものだ。カメレオンとブロントサウルスはともに竜で、すでに頭一つになっていたから、竜廉恥と呼んでいいだろう。しかし、このところの変化は実に早く、たちまちアリクイに変わってしまった。しかし、丘蟻一族にとって、アリクイは竜よりも、はるかに恐ろしいものだ。

「早く、早く、早くアリクイに名前をつけよう」と丘信が言った。

「何とつける？」

「やはり廉恥の名前をつけるべきだろう」

「こいつは、さっき廉恥を食べてしまったのではないか？」

「こいつが食べたのは、廉恥の影に過ぎない。こいつの本体は廉恥ではないのか？」

「こいつはやはり廉恥と呼ぶべきだ。廉恥という名前を持てば、清廉で、恥を知るに違いない。飽くを知り、足るを知るに違いない。自分の同胞を食べることはできないだろう」

「姓はどうする？」

「姓は不要だ。姓氏は不要だ。廉恥公と呼べばよい」

「そう、そう。廉恥公、よい名前だ」

「廉恥公」と丘蟻一族は声を揃えてアリクイを呼んだ。

「俺を呼んでいるのか？」

アリクイは頭を転じて声の聞こえてくる方を見た。丘蟻たちが自分を呼んでいるのを知らないようだった。

このアリクイは、丘蟻の血統を継いでいるので、他のアリクイとは違うかも知れない。

もともとアリクイは一つの習慣を持っている。一つの蟻塚を見つけると、ただ幾百の丘蟻を食べるだけで、そのあと、別の蟻塚に向かう。こんなふうに丘蟻を食べ尽くして、その蟻塚の種を滅ぼし、自身の食物の源を断つようなことはしない。

実際、この赤土の草原では、一望はるか、一柱一柱と蟻塚が聳《そび》え立っている。

しかし、この廉恥公と呼ばれたアリクイは、一切を顧みなかった。二つの舌は互いに争い、左に右に伸びて、食べるのに懸命だった。このように身体を動かさず食べるのが、力の節約だと思っていた。

間もなく、アリクイは、その蟻塚の丘蟻一族を、ほとんど食べ尽くし、食べ残された幾匹かが、そこに右往左往しているのを発見した。逃げ遅れたものと思われたが、奇怪にも彼らは、どういうわけか前に駈けたかと思えば、また戻ってくる。ひどく驚き、うろたえているのだろうか？彼らは方向感覚を失ってしまったのだ。なかには、思考能力さえ失い、アリクイが伸ばした舌先に自分から駈け上がるのもいた。アリクイが食べるのを望んでいたかのように。

「ワッ、ハッ、ハ。俺は世界でもっとも偉大な……」

アリクイは丘蟻一族が驚き慌て、なすところを知らないのを見て、舌が届くところまで身体を動かした。高々と二本の前脚を揚げ、舌を伸ばしたり縮めたり、時には舌先に舐め取った丘蟻を故意に放ったりした。そして、舌なめずりし、満足の態で、パラパラとまとまりなく、右往左往している丘蟻たちを見て大笑いした。

「ワッ、ハッ、ハッ、ハ。俺は世界でもっとも偉大な何だ？」

これはもっとも偉大な白アリ、もっとも偉大な馬、もっとも偉大なカメレオン、もっとも偉大なブロントサウルス、もっとも偉大なアリクイなのか？

「世界でもっとも偉大なアリクイだ」

「アリクイこそ丘蟻一族の救世主だ！」

「何だと？」

「アリクイこそ丘蟻一族の救世主だ」

アリクイは二本の前脚を揚げ、二本の後脚ですっくと立ったその時、前脚と後脚の間に二本の中脚があるのに気づいた。それはすでに萎縮していたが、はっきりと見ることができた。脚は脚だが、丘蟻の脚だった。

「ウー、ウー、ウー。俺は世界でもっとも……もっとも偉大な丘蟻……」とアリクイは大声を上げて泣き出した。声はますます大きくなった。

「どうしたのか？」と一匹の食べ残された丘蟻が好奇心を抱いて聞いた。

「ウワーン、ウワーン、ウワーン……」

アリクイは言葉がすぐには出てこない。

「俺は結局、丘蟻なのか、それともアリクイなのか？」

「お前は丘蟻でもなければ、アリクイでもない。ゴキブリ一族だ。ゴキブリだ」と突然、一匹のゴキブリが走り出てきて言った。

「ノー、ノー。俺はゴキブリではない」

丘蟻一族はみな、ゴキブリにはなりたくない。ましてやアリクイにも。

「お前は早く、あっちに行け。お前の臭いがイヤだ」

「牛糞[19]さえ喜ぶ虫がある。機会さえあれば、牛糞を球にして、転がして自分の巣穴に運ぶ。糞ころがしといわれているが、まさかゴキブリを糞ころがし以下と言うのではあるまい？」

「ゴキブリは、あっちに行け。臭いがイヤだ」

「ゴキブリは、どうしてよくないのか？　ゴキブリはすでに幾百万年も生き続けている。これからも生き続けていくだろう。幾千万年も生き続けていくだろう。その時、世界には、ゴキブリ以外の生物はいないに違いない。アリクイもいないだろう」

「そんなに長く生きて、どうするのか？　今、俺は腹がもう空っぽなのだ」

「お前は食べに食べ、止まることなく食べているではないか？」

「お前は、俺の名前が何か知っているのか？」

「廉恥公と呼ぶ」

「違う……」

「何と呼ぶのか？」

「お前は知っているのか？　俺は食べれば食べるほど、腹が空《す》くのだ」

「お前の腹を見よ。こんなに膨れていても、腹が空いていると言うのか？　食べれば食べるほど、腹が空くとは、本当にお前は貪欲だ」

「腹が空いた。本当に空っぽだ」

「それなら、別の蟻塚に行けばよい」

「ダメだ。俺は歩けなくなった。食べ過ぎた。ひどく疲れた」

この時、一匹の小丘蟻が走りかかって、アリクイの眼を見た。アリクイは舌を伸ばして、気怠《けだる》そうに舐め取った。

「やめた」とアリクイは言って、ゴロリと横になった。

すると、蟻塚の土の匂いがアリクイの鼻をついた。丘蟻の匂いがした。

「ひどく香ばしい匂いだ」

アリクイは横になりながら、土を食べはじめた。丘蟻の身体の匂いのする土を食べた。大口を開けてパクパク食べた。腹はますます大きくなった。

「実にうまい」

アリクイは完全に動けなくなってしまった。地上にゴロゴロしながら、匂いに染まるのも悪くはない。実に奇怪、アリクイは突然、それが自分自身の匂いでもあることに気づいた。

ドシン、ドシン、ドシン。

突然、黒い雲が垂れこめ、稲妻があちこちにひらめき、大きな雷鳴が起こり、とどまることなく大地を襲った。

「雨だ」

雨が降ってきた。雨はますます大降りになった。

「大水になりそうだ」

水だ。一本また一本と小さい流れができた。小さい流れはやがて集まり、大きい流れとなった。全砂漠が水でおおわれ、草も木も水浸しになってしまった。蟻塚も押し流され、丘蟻も流された。

「なぜだ？」

「また誰かが大きなウソをついたのか？」

「誰がウソをついたのか？」と溺死をまぬかれた丘蟻がまた問うた。

「天がウソをついた」

「どんなウソをついたのか？」

「雲がなくても、雨は降る」

「もともと、そうだ」

「あわてるな」と丘信が言った。

「丘信、あなたはまだ生きていたのか？」

「私がいなかったら、誰が丘蟻一族を信ずることができるのか？」

「果して丘信委員だ」

「丘忠委員、その声は、あなたか？　どうして君国とともに存亡しなかったのか？」

「私丘忠がいなくても、いけない。もし私丘忠がいなかったら、誰がこの失われた国土を回復することができるのか？　誰が丘蟻一族の祖国を再建できるのか？　誰が丘蟻一族に対して、忠こそもっとも重要なものだと説くことができるのか？　ワッ、ハッ、ハ」

「ワッ、ハッ、ハ」

幾日が経ち、さらに何ヵ月が経って、黒い雲が散り、太陽が現れた。水も退《ひ》き、大地も次第に乾いてきた。幾匹かの丘蟻、食べられなかったり、溺死をまぬかれたりした丘蟻が地上を忙しく、あっちに行ったり、こっちに来たりしている。

草が芽を出し、木の葉も生えてきた。一株の青い草が、一つの青い花を咲かせた。多くの異なった花の群生のなかから、愛らしい青い花が出現した。

青い花には強烈な香りがあった。ちょっとゴキブリのような臭いもした。また、ちょっと牛糞のような臭いもした。そういえば、糞ころがしは常々、牛糞は香ばしく、たしかに青い花の匂いがすると言っていた。

「ゴキブリ伯父さん」と一匹の小丘蟻が言った。

沢山のゴキブリがゾロゾロと往来していた。あのような大水も、ゴキブリを滅ぼすことはできなかった。

「何だ？」

「ほら、何と美しい紅い草、紅い樹木、紅い花、そして紅い大地。何と美しいことか」と一匹の小丘蟻が草や花を指して言った。

「紅樹《おひるぎ》が花を咲かせた」

「紅樹が青い花を咲かせた」

「紅樹はオスなのか？　それともメスなのか？」

「樹木にもオスとメスがあるのか？」

「赤木〔20〕にはオスとメスがある」

「青い花はオスなのか？　それともメスなのか？」

「青い花はオスだ」

「花にもオスとメスがあるのか？」

「あるよ。木瓜《ぼけ》の花にはオスとメスがある」

「何という美しい青い花だ」

「何という美しい紅い花だ」

「紅い花はオス、それともメスなのか？」

「紅い花はメスだ。紅樹が咲かせた紅い花は当然、メスだ」

「花は、しぼんで落ちるものだ」とゴキブリは言った。

「あれは青い花で、紅い花ではない」ともう一匹の小丘蟻が言った。

「青い花だろうと、紅い花だろうと、花はみな、しぼんで落ちる。ただゴキブリだけが永遠に生きることができる」

「違う。私は紅い花だ。青い花ではない」

その一本の青い花は、自分は青い花ではなく、紅い花だと言った。

「丘蟻一族は、ゴキブリではない」

「丘蟻一族は、ゴキブリではない」

訳注
〔1〕丘蟻《きゅうぎ》とは、蟻塚《ありづか》をつくる白アリのこと。
〔2〕台湾の立法院（国会）に大声を出す女性委員（議員）がいて、それが作者の念頭にあったようだ。
〔3〕米粉を使ったデザート。半球状。
〔4〕中華民国の地図では、中国はモンゴル国を含んで、その形は秋海棠に似ているが、大陸の地図ではモンゴル国を含まず、その形は年老いたメンドリに似ていると台湾では見られているという。「婆さん鶏」は大陸政府の寓意か。
〔5〕根生姜をスパイスに使った台湾の名物鴨鍋料理。
〔6〕ゴマ油を使った台湾の鶏料理。

〔7〕フィリピンのイメルダ元大統領夫人が三千足の靴を持っていたことに作者はヒントを得たようだ。
〔8〕岳飛も背中に「精忠」と刺青した。それにあやかってか国民党軍の老兵たちの中に、二の腕に「反共抗俄」(「俄」はロシア)、「消滅共匪」、「蒋総統万歳」などの刺青をしたものがあったという。
〔9〕蒋介石の言葉。
〔10〕限りない長寿を、の意。君主の長寿を願う言葉。蒋介石は講話をする時、聴衆に向かって、まず「中華民国万歳!」を唱え、それを待って聴衆は「蒋総統万歳!」、「万寿無疆!」と叫ぶのが通例で、台湾によくある道路名の「万寿無疆」もここに由来するという。
〔11〕台湾では、ある時期、『二十四孝』を読むことが勧められた。その一節に子供が父の背中にかぶさって蚊の襲撃が父に及ばないようにしたという故事がある。
〔12〕奇蹄はひづめが奇数、中指のみが残存。偶蹄は中指と薬指が残存する。
〔13〕台湾の毒蛇。
〔14〕原語は「不要瞼」。直訳すれば「顔要らず」。そこで、それ以後の「もじり」が生ずる。
〔15〕中国の古くからの寓話に「黔驢《けんろ》の技」というのがある。黔という土地で飼われていたロバは身体が大きく、虎も神と恐れていたが、慣れ親しんだところで襲いかかり、かえって一蹴された。しかし、蹴ることしか能がないのを見て、こんどはノドに咬みついて倒したというもの。
〔16〕原語は「好棒」。馬英九に次いで国民党主席となった呉伯雄の選挙スローガンは「阿九交棒、接棒、台湾好棒」だった。そのことが作者の念頭にあったようだ。

〔17〕中国語では「変色竜」。そこで、このような「もじり」が生ずる。

〔18〕*Brontosaurus.* アパトサウルス（*Apatosaurus*）と同じ。巨大な恐竜の一つ。全長二一メートル、体重三トンに達する。首と尾が長く、草食。

〔19〕黄金虫の一種。原語は「牛屎亀」。台湾では甲虫を「亀」あるいは「亀子」と呼ぶ。

〔20〕原語は「茄蔘《ジャートン》」。

II　天馬降臨

日本の神話によれば、天照大神《あまてらすおおみかみ》は孫の瓊瓊杵尊《ににぎのみこと》に命令を下し、三種の神器《じんぎ》——宝鏡と宝剣と宝玉とを持たせて高千穂の峰から降臨させ、日本を統治させた。

雲が散って、太陽が姿をあらわし、大水も退いた。紅い砂漠に、もともと多くはない草木が芽を出しはじめ、なかには花を咲かせるものもあった。

「何という美しさ！」と小丘蟻が言った。

「何という美しさ！」

「何という美しさ、何という美しさ、何という美しさ！　何という美しい紅い大地！」

「天下泰平だ」

「大同世界、シャングリラだ」

大水が退くと、溺死をまぬかれた丘蟻が蟻塚から這い出てきて、一斉に大声を上げはじめた。

「何という美しさ、何という美しさだ」

「よい日が来るぞ」

「よい日が来るぞ」

丘蟻一族は蟻塚を這い出て、隊列を組み、ある者は手をたたき、ある者は脚を舞わせ、至るところに歓呼の声が溢れ、羽根のある者は羽根をうって飛んだ。羽根をうって舞う蝶は旗の海のようだった。蝉とコオロギは昼夜を問わず、一斉に声高く鳴いた。夜になると、蛍が提灯をかざして祝った。

「よい日が来るぞ」

「ウソだ」

丘智はかって、こう言ったことがある。よいことは、あまり多言してはいけないし、あまり早く言ってもいけない、と。

「よいことを、ウソに変えてはいけない」

丘智は言った。丘蟻一族は多くのウソを言い、それはすでに天地の間に累積しているから、いつでも効果が現れてくる可能性がある、と。


「智とは何か」と一匹の小丘蟻が丘智に問うた。

「智とは経験の累積だ」と丘智は答えた。

「経験はすべて真実か？」

「経験には真実もあれば、偽りもある」

「偽りの経験も経験なのか？」

「偽りの経験も経験だ」

「たとえば？」

「東を西と言うこともできるし、西を東と言うこともできる。先祖がやったことだが」

「それもウソか？」

「ウソと言ってもよいし、そうでないと言ってもよい」

「お前たちは整列して何を歓迎しているのか？」と遅れてきた丘蟻が聞いた。

「よい日が来るのを歓迎している」

「丘蟻は世界でもっとも幸福な種族だ」

「丘蟻一族はゴキブリより、さらに輝かしい歴史を持っている」

丘蟻一族は輝かしい歴史を話題にするのが好きだ。ある者は三千年と言い、ある者は五千年と言い、ある者は十万年と言う。

「昆虫の歴史は万年、多くは十万年を単位とする」

「それなら百万年、千万年と言うべきだ」


「あれは何だ？」

突然、一匹の小丘蟻が空を指さした。

「あれは雲だ」

「何という美しい雲！」

「何という美しい雲が、何という美しい大地をおおっていることか！」

いくらかの丘蟻が、雲がいつも大きな不幸をもたらすのを覚えていた。

雲は大雨をもたらし、大雨は大水をもたらす。大水は退いたばかりだ。

「イナゴか？　イナゴの大群か？」

イナゴも、とても大きな災害をもたらしたことがあった。

「イナゴではない」

「では何だ？」

空の彼方に、彼らは一片の黒い雲があるのを見た。黒い雲はやがて太陽を遮った。

ヒュー、ヒュー、ヒュー。

風が吹き、黒い雲が非常に早い速度で移動した。青空がほとんど黒い雲におおわれてしまった。

「音が聞こえる」

「恐ろしい音だ」

「あれは竜だ」

「本物の竜が現れた」

丘蟻一族はかつて本物の竜の出現を期待したことがあった。本物の竜は神の象徴だ。

「あれは竜だ」

「よい竜か？　それとも悪い竜なのか」

いくらかの丘蟻は憂慮しはじめた。彼らは竜に、よい竜と悪い竜がいることを知っていた。


黒い雲はますます早く、ますます近づいてきた。

ビュー、ビュー、ビュー。

あれは竜ではない。あれは竜がうそぶいているように聞こえるが、風の音だ。風が空中で旋回し、黄砂を巻き揚げ、草木も巻き揚げている。たしかに巨大な竜のように見える。空中をグルグル回り、空中を飛ぶように舞い、巨大な渦巻きのようにも見える。

あれは竜巻だ。

砂嵐だ。

砂嵐、砂嵐だ。

竜巻が砂嵐を起こしている。

ビュー、ビュー、ビュー。

砂が舞い上がった。草も抜かれ、樹木と一緒に空中に飛び上がる。

砂は空中でグルグル、グルグル、グルグルと回る。大地もグルグル、天もグルグル回る。

ビュー、ビュー、ビュー、ビュー。

砂ぼこりを含んだ風は一頻り《ひとしき》、また一頻り吹き、落下するものもあれば、吹き抜けていくのもあった。

ビュー、ビュー、ビュー、ビュー。

その後、ひとときの静寂が訪れた。風は多くの砂を運んで来ていた。あるものは砂丘のようで、蟻塚よりずっと大きく、多くの蟻塚が、その中に埋まってしまった。

「どうする？」

小さな丘蟻は、この巨大な砂丘を仰いで言った。

「砂丘を運ぶのだ」と一人の委員が言った。

「どんなふうにして運ぶのか？」

「運ぶのだ。一粒一粒、運ぶのだ」

「この巨大な砂丘を？」

「アリは、できる。丘蟻も、できる。運ぶのだ」

「運ぶのだ。丘蟻は砂より大きくはないのか？」

丘蟻一族は砂を運びはじめた。どれくらいの砂を運んだか、分からなかった。しかし運んだのは、砂丘の一角に過ぎなかった。

「言うのだ」

「何を？」

「ウソを言うのだ」

「ウソを言ってはいけない。本当のことを言わなければならない」

「言うのだ。早く言うのだ。本当のことを早く言うのだ」

「本当のことを言うのだ。本当のことを」

丘蟻一族は困難につきあたると、ウソを使って解決することを考える。彼らには経験がある。そのため、ウソによって多くのことが解決できると信じている。しかし、彼ら自身、ウソをついているといってはいけなかった。

「ウソは言ってはいけない」と丘智は言った。

動物はウソを言う。ある者は偽装《カムフラージュ》の方法を使う。一つには自分を保護するため、二つには別の動物を攻撃するためだ。丘蟻のウソは、すでに習性となっている。ウソがあまりに多ければ、ウソはもはやウソではない。時には、真実がかえってウソになることがある。

「変わる。時には小さい災難が大きな災難に変わることがある」

「しかし、その災難は実際、かなり大きかった！　どんなに変わっても、それ以上に大きな災難になってはならない」

「なら、言ってみよ」

「言えない」

「言うのだ」

大きなウソをつくことは、大きな改変を祈求することだ。

「あれは砂の塊ではない。一つ一つ黄金の塊だ。見渡す限り黄金だ」

「ワァーッ、金色に輝いている。何と美しいことか」

「丘蟻にとって黄金が何の役に立つのか？」

「黄金自身が一つの価値なのだ。黄金、黄金、黄金だ。丘蟻の世界は、見渡す限りの黄金だ」

「砂漠はまことに黄金だ」

「蝶は黄金だ」

蝶が黄金の羽根を扇いでいる。

「鳥は黄金だ」

鳥が黄金の声で歌っている。

「草は黄金である」

草が黄金の輝きをキラキラさせている。

太陽も黄金の輝きをキラキラさせている。

「樹は黄金だ」

「丘蟻は黄金だ」

「黄金が丘蟻の大地だ。黄金が丘蟻の家だ」

「黄金は丘蟻の宮殿だ」


ビュー、ビュー、ビュー、ビュー。

また、ひとしきり砂や石が飛んできた。風が一つの砂丘を運び、別のところに堆積して、一つの砂丘となった。砂丘に蔽われていた蟻塚は解き放たれたが、これまで蔽われていなかった別の蟻塚が、こんどは砂丘に埋まってしまった。

ヒュー、ヒュー、ヒュー。

あれは何だ？

「音がするぞ」

「二度とやって来るな」

丘蟻一族が怖れているのはイナゴの大軍だが、それ以上に怖れているのは砂嵐だ。これらはともに音が先行する。

「お願いだ。二度と来るな」

ヒュー、ヒュー、ヒュー。

「あれは何だ?」

「黒い雲が動いている。空が晴れて明るくなってきた」

「音がするぞ」

一陣また一陣、音が空中に尾を引いている。

「何という優美な音だ」

一群また一群、蝶が空の上を舞っている。白いの、黄色の、紫の、青いの、多くは雑色だ。

色さまざま、大きさも違う蝶が、ほとんど空をおおっている。

ある者はまっすぐに飛び、ある者は上下に飛び、ある者はひるがえる。

「蝶は幸運を持ってくる」

何と美しいことか。
チ、チ、チ。
鳥も来た。鳥の声の何と美しいことか。

ピー、ピー、ピー。

あれは鷹の声だ。

小鳥は低空を飛び、大きな鳥は高い空を旋回する。

ヒュー、ヒュー、ヒューヒュー、ヒューヒュー。

　空の上から音が降りてくる。


「あれは何だ？」

　小丘蟻は頭をもたげて空を見、少しばかりの焦慮と緊張を感じた。

　一つの影がゆっくり近づいて来た。一部の小丘蟻は驚き慌てはじめた。

「怖がるな」と少し大きめの丘蟻が言った。

「あれは何だ？」

「馬だ」

「馬は頭が一つか、二つか？」

「一つだ」

「奇怪だ」

　丘蟻一族の記憶では、馬は頭が二つだった。

「美しい馬だ」と別の丘蟻が言った。

「頭一つの馬も美しいか？」

「美しい」

「馬はどのようにして空に駈け上がったのか？」

「飛び上がったのに違いない」

「あれは天馬だ」

「間違いない。羽根がある」

「小っちゃな羽根だ」

「不用意なことを言うな。雀より遙かに大きい」

「美しい羽根だ」

「天馬、天馬が来た」

「天馬降臨だ」

「天馬は降臨して何をするのか？」

「私たちの族長となるのだ」

「天馬が降臨した」

天馬の羽根は鳥のようだ。鳩の羽根のようだが、透明で、蝉の羽根のようにも見える。陽に照らされて銀色の光を発している。

「天馬の降臨は万物に幸福をもたらす」

「天馬はカマキリではないのか？」

「どうして？」

「以前、はるか昔、カマキリも天馬と呼ばれていたのではなかったか？」

「その通り。以前、カマキリは天馬と呼ばれた」

「カマキリは残酷な昆虫だ」

「不用意なことを言うな。天馬は神馬だ。デタラメ言ったら、冒瀆に当たる。お咎めを受けるぞ」

「間違いはない。以前、カマキリはたしかに天馬と呼ばれた」

「天牛《かみきりむし》と呼ばれるものもある。空から降りてきたものではないし、牛でもない。こいつも昆虫だ」

「あなたは、名前を、お持ちか？」

「わしの名は廉恥だ」

「彼も廉恥と言ったぞ」

「頭二つの馬は、一つは廉と言い、もう一つは恥と呼んだ。しかし、頭一つの馬は廉恥と呼んだ」

「一つの廉恥が去り、もう一つの廉恥が来た」

「私たちは廉恥の世界に生きているわけだ」

「廉とは何か？」

「廉とは貪欲でないことだ」

「アリクイは丘蟻を食べる時、一心不乱だ。廉と言えるのか？」

「恥とは何か？」

「間違いを犯した時、間違いと認めること、それを恥と呼ぶのでは？」

「それは、むずかしいことか？」

「時には、非常にむずかしいことだ」

「丘蟻一族は誤りを認めることができない。そうではないのか？」

「この馬も、廉恥と言うのか？」

「彼の羽根は動かないのか？」

「彼は天馬だ。必ずしも動かさない。しかし、トンボのように、二つの羽根を振り下ろしさえすれば、長い間、空を滑ることができる」

「彼は羽ばたくのか？」

「羽ばたくが、非常に早いので、はっきりは見えない」

「彼は天馬だ。羽根はあるが、必ずしも羽ばたかない。彼は滑ることができる」

「見ろ、彼は羽ばたいている」

「彼は震えているのだ」

「震えているのではない。奮い立っているのだ」

「天馬の降臨は、丘蟻一族に幸福をもたらす」

「天馬の降臨を歓迎する」

「古道の西風、痩せ馬に……〔1〕」

この時、一頭の老馬が、古い時代の詩句を吟唱しながら現れた。

「彼も天馬か？」

「違う。彼はただの一頭の栄養不良な老馬にすぎない」と天馬が言った。

「老馬には角がないのか？」

「ない。角は天馬にだけある」

「角がある？　天馬は鹿か？」

「馬鹿（赤鹿）か、それとも鹿馬か？」

「鹿ではない。馬だ」

「馬に、どうして角があるのか？」

「多くの動物には角がある。牛には角がある。羊にも角がある」

「馬は本来、角がない」

「馬は昇格したのだ。高級な馬には角がある」

「彼は天馬だ。天馬だから角がある。天上では多くの動物に角がある。角は帽子に等しく、王冠に等しい」

「オー。馬も帽子をかぶるのか。王冠を戴くのか」

「馬は王冠を戴かない。角が長く突き出ている」

「どうして一本しか角がないのか？」

「彼は現在、一本しか角がない」

「だが、多くの動物には、角が二本あるぞ」

「彼は廉が不足しているのか、それとも恥が不足しているのか？」

「そうだ。廉が不足しているか、あるいは恥が不足しているか、だ。丘蟻一族に、廉恥が全くないということはあり得ない」

「使わない角なら、一本で充分だ」

「不用意なことを言うな。誰が役に立たないと言った？」

「使わなくても、一本必要なのか？」

「それが王冠だ。王冠は一個あれば充分だ」

「彼はオスなのか、メスなのか？」

「もちろん、オスだ。どうして、こんな愚問を発するのか？」

「オスは角がある。ふつう二本ある。メスは角がない。ところが、天馬は一本だけ持っている。

はっきりさせたいために聞いているのだ」

「角が、どうして曲がっているのか？」

「牛の角も曲がっている」

「しかし、それは真ん中には生えていない」

「ちょっと歪んでいるのは美しい。ちょっと歪んでいるのには、もちろん、理由がある」

「二本ある筈だったのが、一本を失ったのだ」

「年をとってしまったからなのか？　馬も老いると、歯が抜けてしまうのと同様か？」

「彼には角がある。竜なのか？」

「竜ではない。馬だ」

「竜は実在しているのか？　誰か竜を観た者がいるのか」

「竜は、いる。竜は実在している。馬は、もっとも竜を怖れている」

「なぜ馬は竜を怖れるのか？」

「ネズミが猫を怖れるようなものだ」

「ちょっと待て。彼の耳はどうして、あんなに大きいのか？」

「彼は大きい耳の馬と呼ばれている」

「実に美しい耳だ」

「耳は大きくてこそ、遠くの音をとらえることができる。大きい耳は、ウソもハッキリ聞き分けることができる」

「彼は帝王だ。帝王の耳は非常に大きい。耳の大きいのは福相だ。百歳まで長生きできる」

「天馬万歳！」

「彼はロバか？」

「馬はロバより高貴か？」

「不謹慎なことを言うな」

「馬はロバと同族ではないのか？」

「不用意なことを言うな」

「聞くところでは、ロバには二種類がある」

「二種類？　天上のロバと地上のロバか」

「一種類には頭髪があるが、もう一種類には頭髪がない」

「頭髪のないロバなんて、本当にいるのか？」

「頭髪のないロバは、さらに二種類に分けることができる。一種類は天地や時世を論ずるのが好きだ。もう一種類は、そんなことには全く無縁、かえって己《おの》れは高級品種であると自負している。ただ天馬を賛美することだけは心得ている」

「彼は天馬と同様に高級か？」

「比べものにならない」


天馬は降りてきた。一陣の強烈な風をともなって。辺りの土と砂はすべて舞い上がって、多くの丘蟻たちは、しばらく眼を開くことができなかった。

砂漠では風が吹きさえすれば、どんな風でも、多少の砂塵を巻き起こした。

「実に美しい馬！」

丘蟻たちは、ゆっくりと眼を開いた。

「天馬の脚は長く、逞しい」

「天馬の脚は実に美しい」

数匹の丘蟻が素早く天馬の脚に這い上がった。

ヒーン、ヒーン、ヒーン。

馬は皮膚をピクピクさせ、かすかに口を横に開き、笑顔を見せた。

「馬もかゆく感ずるのか？」

「かゆがってはいない。気分がよいのだ。笑っているではないか」

「馬も笑うのか？」

「もちろん、笑う。まさか泣くばかりと思っていたのか？」

「天馬は笑うことができる。天馬は泣かないものだ」

「実に美しい笑い！」

「羽根も実に美しいぞ」

「アオバエの羽根のようだ」

「不謹慎なことを言うな」

「彼の耳は大きい。また、実に美しい」

「ロバに似ている」

ヒーン、ヒーン、ヒーン。

「天馬が泣いた」

「違う。天馬は泣かないものだ。天馬は笑っているのだ。泣いているように見えるだけだ」

「デタラメを言うな。天馬は怒っているぞ」

「お前こそデタラメを言う。天馬は決して怒ったりしない。天馬は蹴るだけだ。彼は怒ったりしない」

「ロバのようだ」

「不謹慎なことを言うな」

「彼の尻尾は実に美しい」

「彼の尻尾はホーキのようだ」

「以前のあの馬は、尻尾が縄のようだった」

「ホーキも実に美しい」

「実に美しいホーキ！」

「不謹慎なことを言うな。雅《みやび》やかな言葉を使え」

「ホーキは雅やかな言葉ではないのか？」

「彼の尻尾は実に美しい。塵払いのようだ」

「そうだ。塵払いのようだ」

「彼は天上から降ってきた。彼の尻尾は塵払いのようだ」

「塵払いという言葉は、どうしてホーキよりも雅やかなのか？」

「それから、馬の尻尾はバイオリンの弓の弦にすることができる」

「綿糸はダメなのか？　絹糸も？」

「ノー、ノー。馬の尻尾の毛だけがバイオリンの弓の弦にすることができる」

「なぜだ？」

「馬の毛だけが松ヤニで細工することができる」

「クモの糸もダメか？」

「ノー。馬の尻尾の毛だけが微妙な音色を出すことができる」

「ワァー、何という美しい尻尾の毛だ」

「尻も実に美しい」

多くの丘蟻たちが早くも馬の尻に昇りはじめた。

実に美しい馬だ。どの角度から見ても、本当に美しい。

「彼は三宝馬と呼ばれる」と丘智が言った。

「三つの宝とは？」

「長い顔、たくましい脚、そして丸々と肥えて光沢のある尻だ」

ヒーン、ヒーン、ヒーン。

すでに、この時には多くの丘蟻が脚を伝わって、尻の上に達していた。ずうっとキスをし続けているものもいた。

ヒーン、ヒーン、ヒーン。

皮膚が絶え間なくピクピク動いていた。

「かゆいのか？」

「痛いのだ」

牛糞ころがしと呼ばれる昆虫がいる。また、馬糞虫と呼ばれる虫もいる。この二つの虫は黄金《こがね》虫《むし》だ。つまり金色の甲羅をつけた虫だ。そのほかにカブトムシやクワガタムシも加えてもいいかも知れない。これらの虫はみな、キレイな殻を持ち、陽の光を受けて華麗な彩りをキラキラと放射する。だが、彼らは動物の糞便を好む。ある者はこれを食べ、ある者は土に埋める。ある者は卵を、その中に生みつけ、次代の幼虫の食料とする。地球上の幾十、幾百、さらには幾千種の黄金虫のなかで、やや特殊なのは馬糞虫だ。馬糞虫は宮殿を建てるのを好み、馬糞を使って宮殿を建てる。馬糞宮と呼ぶそうだ。

馬糞虫の王様は馬糞宮を建造するために、特別の審査によって働き虫を選ぶ。一般の昆虫は、飛ぶにせよ、這うにせよ、みな上向き、前向きだが、馬糞虫だけは逆立ちしたり、バックしたりする。審査方式は、逆立ち競走で、「転進競技」ともいわれている。

「実に壮観だ」

そばで参観していた丘蟻一族は、幾千、幾万の馬糞虫が逆立ち競走をしているのを見て、拍手喝采した。

「これらの馬糞虫はみな丘蟻の変化したものか？」

「馬糞は、とても臭いものか？」

「誰が、そんなことを言った？　馬糞はとても、よい香りがするものだ」

「臭うのか、それとも香ばしいのか？」

「嗅覚がどうなっているのか、診察が必要だ」

「天馬も丘蟻の変化したものではないのか？」

「その通りだ」

「あの馬糞宮は天馬が用いるために建てたものか、それとも丘蟻が用いるために建てたものなのか？」

「それは……」

「もし丘蟻の力だけで馬糞宮を建てるとしたら、幾十年、場合によっては幾百年がかかる可能性がある」

「幾十年は小さい事だ」

「万一、天馬が丘蟻に変わったとしたら、こんなに大きい宮殿を誰が使うのか？」

「天馬が丘蟻に変わると誰が言った？」

「天馬は丘蟻が変わったものだ。元に返ることができないと誰が言っているのか？」

「馬糞宮は実に美しいか？」

「実に美しいぞ。金色の光と、玉や金属の器が出す音とが渾然としている」

「ちょっと待て。やはり大きな道路が必要だろう」と一匹の丘蟻が建議した。

「何のために？」

「馬を走らせるのだ」

「馬を走らせる？」

一群の丘蟻は頭を転じて天馬を見た。天馬はちょっと笑っただけだった。

「早く道をつくれ」

「馬を走らせるだけか」

「丘蟻も走ることができるぞ」

「ネズミも猫も犬も、それから豚や羊も。虎もライオンも皆、走ることができる」

「ノー、ノー。虎やライオンはいけない」

「なぜ？」

「虎とライオンは、とても野蛮だ」

「そうだ。野蛮な虎とライオンは、立ち居振る舞いが上品な天馬にふさわしくない」

「そうだ。その通りだ」

「それから、大きな道路の両側には、大がかりな装飾を並べる必要はないか？」

「大がかりな盛大な装飾とは？　どんな装飾か？」

「人間は街路樹を植えているよ」

「どんな街路樹か？　なぜだ？」

「壮観だからだ。天馬のために、赤木《あかぎ》や爾樹《もくげんじ》やガジュマルを植えなければならない」

「天馬は、どちらかといえば、樺《かんば》の樹を喜ぶと私は思う。白楊樹は、さらに喜ぶかも知れない」

「灯籠を飾るのは？」

「灯籠とは何だ？」

「点灯できる石の柱だ。夜を昼間のように照らすことができる」

「実によいぞ」

「動物の彫刻を置くのは？」

「どんな動物だ？」

「天馬の喜ぶ動物だ。ネズミ・猫・犬・鷹、それからイナゴだ」

「何だと？　イナゴ？　イナゴは、すべての食物を食べ尽くしてしまうぞ」

「まだ、ある。アリクイだ」

「何？　アリクイ？　丘蟻をすべて食い尽くしてしまうぞ」

「天馬は喜ぶ」

「天馬は喜ぶ。いけないというものがあるのか？」

「天馬は英明だ」

「なぜ彫刻が必要なのか？」

「天馬が通り過ぎる時、昼となく夜となく動物が伺候《しこう》できる」

「まことに天才的な発明だ」

「天馬は天才を喜ぶ」

「天馬は英明だ」

「天馬万歳！」

もちろん、馬糞虫も天馬の性格に合致している。天馬が天上から降臨した時、携えてきた三種の宝物の一つは、何といっても、美しいお尻だ。当然、アオバエの類の昆虫は喜んで、そのお尻の上を右往左往した。

お尻の上に馬糞虫が一匹、二匹、三匹……と、ますます多くなってきた。大きなのもいれば、小さなのもいる。

天馬は答えなかった。頭を振り、力一杯、鼻腔から息を吐き出し、お尻の上に這い回っていた何匹かの丘蟻を吹き飛ばそうとした。

「吹き飛ばさないでくれ。立っていられない」

「天馬が怒っている」

「天馬が怒るはずがない」

「天馬が怒っているのは、機嫌がいいからだ」

「実に思いやりの深い天馬だ」

数匹の丘蟻が、ひたすら彼にキスしようと考えた。

「天馬の角は実に美しい」

「角は三宝ではないのか？」

「違う」

「天馬の角は、どうして曲がっているのか？」

「犀《さい》の角も曲がっている」

「老いたのかも知れない？」

「角は心だ。角は見ることができるが、心は見えない」

「見えない心も、曲がっているのか？」

「不謹慎なことを言うな」

「それから角には、いくらか黒い斑点がある」

「心にも黒い斑点があるか？」

「鹿も斑点があるが、実に美しい」

「天馬の角は、何をするためのものか？」と小丘蟻が言った。

「装飾のためだ」と別の何匹かの丘蟻が言った。

「天馬は装飾を必要としているのか？」

「天馬はとりわけ装飾を必要としている」

「天馬はとりわけ装飾が好きだ」

「角は王冠ではないのか？」

「王冠も一種の装飾なのだ」

「彼はオス馬か？　それともメス馬か？」

「オス馬に決まっている」

「オス馬も装飾が必要か？」

「オス馬はメス馬よりもさらに装飾を好む。孔雀を見れば分かるだろう。オシドリもそうだ」

「七面鳥もそうだ。オスはメスよりも装飾を好む。その上、叫ぶ。チョッ、チョッ、チョア。チョッ、チョッ、チョア」

「チョッ、チョッ、チョッ、チョア。ただオスの七面鳥だけが叫ぶ」

「七面鳥は、実によく叫ぶ」

「七面鳥の声は聞きづらい」

「デタラメ言うな」

「オスの七面鳥の鳴き声は唱歌のようだ」

ヒーン、ヒーン、ヒーン、ヒーン。

「オス馬のいななきも唱歌のようだ」

「惚れ惚れする」


「オス馬は何のために装飾をするのか？」

「キレイになれば、メス馬がもっと喜ぶからか？」

「その通り。メス馬はいっそう喜ぶ」

「オー、可愛いメス馬よ」

「彼も威風を増すことできる」

「堂々たる威風！」

「角は喧嘩にも使う」

「神のような勇気を持つ天馬よ」

「向かうところ敵なしだ」

「完全なる美よ」

「彼が天上から降りてきたのは、丘蟻一族の族長になるためだ」

「彼は馬だ。どうして丘蟻の族長になることができるのか？」

「忘れたか、彼は丘蟻が変わって出来たものだ」

「天地の万物はすべて丘蟻が変わって出来たものだ」

「彼は砂漠の王になるために来たのではないのか？」

「ノー。彼はただ族長になりたいと思っているのだ。たしかに砂漠の中には非常に多くの動物がいる。しかし、ただ丘蟻一族の族長になりたいと思っているのだよ」

「偉大なる族長！」と一群の丘蟻が叫んだ。

「偉大なる族長！」と馬糞虫も馬糞を運びながら、頭を回して叫んだ。


「天馬の蹄《ひづめ》には、どうして傷口が一つあるのか？」

「走るのに不用心だった」

「天馬も傷つくのか？」

「生きているものは、すべて傷つく」

「石もまた傷つくか？」

「そうだ。石もまた傷つく。なかでも大きな石が小さな石にぶつかると、小さい方が大きな傷を受け、大きい方も小さな傷を受ける」

「彼は蹄鉄《ていてつ》をつけていなかった」

「天馬も蹄鉄をつける必要があるのではないか？」

「天馬も馬だ」

「デタラメを言うな」

天馬は丘蟻一族にそう言い、一頭の熊を蹴った。

「なぜ虎ではないのか」

丘蟻一族もロバが虎を蹴った故事を記憶していた〔2〕。

「神のような勇気を持つ天馬が一頭の熊を蹴った」

「天上でか？」

「天上には、熊しかいない。大きい熊も、小さい熊もいるが、虎はいない」

「白虎星〔3〕がいるのではないのか？」

「わしは出会ったことはない」

「それは幸運」

「虎も幸運だった」

「虎がいないという話は、全く面白くない」

「そうか、そうか。白虎星は天の虎だった。天上にも、たしかに虎がいた」

「彼女を蹴って殺したことはないのか？」

「彼女は走った。天上では軽々しく殺生はできない。わしも彼女を追ったことはない」

「蹄の傷は？」

「熊の手を蹴ったのだ」

「熊の手は鉄で出来ているのか？」

「熊の手は、とても貴重なものではないのか？」

「熊の価値は挙げて熊の手にある。まだ、あった。熊胆《くまのい》も、熊の毛皮もある」

「あなたは熊に引っかかれたのか？」

「傷を受けたのは、どうして前脚なのか？　馬の前脚は跪《ひざまず》いて礼をするのに使うのではないか？　後脚こそ武器ではないのか？」

「デタラメを言うな。前の蹄も後ろの蹄もすべて武器なのだ」

天馬は、そう言い、後脚を使ってすっくと立ち、高々と前脚を揚げて、はたく様子をした。

「何という威風！」

「馬の脚は四本とも、前後を問わず、みな立派な武器なのだ」

「神のように勇ましい天馬！」

「神のように勇ましい天馬！」

「ライオンに出会ったら？　ライオンは万獣の王だ」

「天上にも獅子座があるぞ」

「天馬はライオンもまた蹴ることができるのか？」

「熊、ライオン、虎、みんな同様に蹴ることができるぞ。天馬に、その気がありさえすれば」


「天馬はダンスができるのか？」

「ダンスか、できる、できる」

「四本の脚で踊るのか？」

「もちろん、四本の脚でだ」

「丘蟻は六本脚ではないのか？」

「天馬は四本脚だ」

「見よ、天馬の腹の下に、なお二本の小さい脚があるぞ」

「デタラメ言うな」

「六本脚のダンスは、とても見物《みもの》だぞ」と言って小丘蟻たちはダンスを始めた。時には六本の脚が絡み合い、時には後脚が前脚を踏みつけ、時には左脚が右脚を蹴ったりした。

「実に見事な舞い姿！」

「わしは四本脚だ」

「天馬は、仕事をする必要はないのか？」

「天馬は、仕事をする必要はない」

「天馬は族長だ。族長は仕事をする必要はない」

「天馬は王座に座ってさえいればよい。興味が起きたら、ジョギングをしてもよい」

「馬も座ることができるのか？」

「できる。しかし、立っていても構わない」

「では誰が仕事をするのか？」

「牛だ」

「天牛《かみきりむし》か？」

「天馬は昆虫だ。天牛も昆虫ではないのか？」

「天牛は昆虫だ。天馬も昆虫だ。天虎は？　天熊《てんゆう》は？」

「天牛は昆虫だが、天上の牛でもある。天上には牡牛座《おうしざ》がある」

「天馬はジョギング以外、何をすることができる？」

「天馬は算数ができる」

「天馬は算数ができる。ワァー、天才だ」

「算数は、そんなに重要なのか？」

「とても、とても重要だ」

「算数ができてこそ、一日に食べる草の量を知ることができる」

「どれほどぶっ放すかも知ることができる」

「オッ、下品なことを言うな」

「天馬は花を食べるか？」

「口を挟むな」

「お前たちは丘蟻がどれくらいいるか知っているか？」

「とても多い。とても」

「とても多いというのは、どれくらいだ？」

「どれくらいか、計算してみよ」

「一《いち》二《に》、一二、一二……」

「どうして二で止まる？」

「一二、一二、一二……」

タッタッ、タッタッ。

「ワァー、馬が足踏みをしている」

「馬も数えているのだ」

「何という優美な馬の足踏みよ」

「一二、一二。一二はすでにあらゆるものを含んでいる。一二、一二。一は黒で、二は白。一二は黒白、一二は大小、一二は東西、または南北、一二は太陽と月だ」


「俺は八まで数えることができる」

蜜蜂が、そう言いながら飛んできて、空中に8の字を描いた。

「このように飛べば、道に迷うことはない」

「まっすぐに飛ぶと、迷うのか？」

「オー、実に聡明な蜜蜂！」

「俺も八まで数えることができる」と八本脚のクモが言った。

「天馬、あなたは、いくつまで数えることができるか？」

「八プラス一までだ」

「八プラス一？」

「そうだ。八プラス一までだ」

「蜜蜂より一つ多い」

「クモの脚よりも一つ多い」

「実に天才だ」

「馬はたしかに蜜蜂よりすぐれている。クモよりもすぐれている」

「あなたは、どんなふうに数えるのか？」

「一二三四五六七八、一」と天馬は前脚の蹄で九回、地を踏んだ。

「一二三四五六七八プラス一」

「天馬はやはり天馬だ。実に天才だ。八まで数え、さらに一を加えることができた」


「それは九と言うのだ」と忽然、どこからともなく一匹の猿が現れて言った。

「猿よ、何を言うのか？」

「八プラス一は九だ」

「お前は天猿か？」

「天猿も昆虫か？」

「俺は大聖《たいせい》だ」

「大聖？　緊箍児《きんこじ》〔4〕をつけていないではないか。ペテンだ」

昔、たしかに大聖といわれた天猿がいた。

「見よ、実にキレイだ」

「何がキレイなのか？　天猿か？」

「天猿ではない。見よ、天馬の身体の上を。何ものかが燦《きら》めいている」

「あれは汗だ」

「犬は汗をかかない。馬は汗をかくのか？」

「数を数えるのは実につらい仕事だ。駈けるのより、つらいのだ」

「もう一度、数えてほしい」

「一二三四五六七八、一」

「実に天才だ」

「俺は天猿ではない。地上の猿だ」

「天猿でなければ、口を挟むな」

「俺は十まで数えることができる」

「十？　十とは何だ？」

「十か、十はつまり八プラス二だ」

「八プラス二。九は八プラス一、十は八プラス一、さらに一をプラスするのか？　それは九より大きいのか？」

「一二三四五六七八プラス一、さらに一をプラスする。それで正しいか？」

「そうだ」

「お前は、自分は天猿でないと言ったな？」

「そうだ。俺は地上の猿だ」

「なら、どうして十まで数えることができるのか？」

「ホラ」と猿は手を出して開いた。

「奇怪！」と、みんな猿の手を見て言った。

「一二三四五六七八九十」

猿は指を折って、まず片方の手を数え、それが終わると次の手に移った。

「俺は十まで数えることができるのだ」

「大したことじゃない。母アリの脚は何本ある？」と一匹の丘蟻が問うた。

「三千だ。以前、数えたことがある」と丘智が答えた。

以前、丘蟻たちは母アリのために非常に多くの靴を作ったことがあった。

「三千とはどれほどの数か？」

「三千は三千。非常に、非常に多い」

「ムカデは百足と呼ぶが、母アリには千足の脚がある。猿は？」

「脚のことなど、どうでもよい。ここには海はないのか？」と天馬が問うた。

「海？　ここは非常に雨が少ない」

「海は水のあるところだ」

「ある、ある、ある」

丘蟻たちは天馬を案内して、小さい池の前に出た。


「天馬も水を飲むのか？」

天馬は水を飲まず、水を見るだけだった。

「天馬は何をしているのか？」

「自分を見ている」

「ある種の草花のように、自分を見るのを喜んでいる。水中の自分の姿を見るのを喜んでいるのだ」

「天馬は実に聡明だ。水を使って自分を眺めている」

一頭の牛が小さい池のほとりにやってきた。

「牛がどうして顔を映しにきたのか？　これは馬だけができることなのに。お前は、どうして仕事に行かないのか？」

天馬は機嫌がよくなかった。

「水を飲みにきたのだ」と、牛は首を伸ばして水を飲もうとした。

「飲むな」

「どうして？」

「水面にさざ波が立つ」

「牛よ、愚かな牛よ、水を飲むな。早く仕事に返れ」

牛は、それを聞くと、頭を低くして去った。

ボトン。

突然、猿が石を池の中に投げた。水が揺れ動き、馬の顔もねじれた。

「大胆な猿！」

「関係ない。これでも自分の姿を見るのは可能だ」

「ねじ曲がった映像はさらに美しく、風情がある」と何匹かの丘蟻が早速言った。

「オッ、これこそ真実の自分だ」

「天馬は丘蟻一族を統治するために来たのか？」

「その通りだ」

「天馬は何を使って統治するのか？」

「わしはホラを使うつもりだ」

「ホラとは何か？」

「巻き貝、大型の巻き貝だ」

「食べられるのか？」

「食べられる。その最大の効能は、それを使って大きな声を吹き出すことができることだ」

「聞くところでは、ホラを吹くとは、大風呂敷を広げる、という意味もあるそうだ（1）」

「誰が言っているのか？」

「大風呂敷を広げることも、ウソになるのか？」

「ホラを吹くことは、時には大きなウソになることがある」

「ホラというのは放送局〔5〕のことか？」

「放送局？　もちろんだ」


プープープー。

猿が一個の大きなホラ貝を手にとって現れた。

「肉は？」

プープープー。

「食べてしまった。肉を食べなければ、吹くことはできない」

「私は大きなホラ貝を使って、丘蟻一族に対して、自分が何を考え、何をするのかを大声で伝えているのだ」

プープープープー。

猿は力を入れて吹いた。

「ホラ貝は根も葉もないことを吹くことができるのか？」

「ホラ貝は本来、根も葉もないことを吹くものだ」

「天馬の心を吹き出すことができれば、いいのだ」

プープープープー。

「諸君、天馬の指令を聴け」

プープープープー。

「どうするのか？　第一の指令は？」

天馬は、ちょっと考えた。

「第一は、まず、あそこの樹を向こうに移せ、だ」

天馬は砂地に生えた樹を、石ころだらけの土地に移すよう命じた。

「なぜ?」

「ただ行えばよい。問答は無用」

プープープープー。

「天馬は英明だ」

プープープープー。

プープープープー。

ホラ貝が一つ、ホラ貝が二つ、どうしてこんなに多くのホラ貝があるのか。

「天馬は英明だ」

「樹を石ころだらけの土地に植え直すのは、樹根をさらに強固に張らせ、大風や大雨を怖れないようにするためだ」と丘智は急いで、ひとしきり解説した。

「天馬は英明だ」

「天馬は英明だ」

「第二は、池を高いところに移せ、という命令だ」

「なぜだ?」

「質問は無用」

「天池は必ず高いところにあるものだ」

「水は下へ流れるものだ。用水の心得だ」

「誰がするのか？」

「もちろん、丘蟻一族の仕事だ」

「とりあえず草を移すのでよいか？」

「ノー。大きな樹を移すのだ。わしは大事業を念とする者だ。大きな工事しか興味はない」

「それは……」

「誰も話を聞いていないのか？」

「孝・悌・忠・信・礼・義……皆、呼んで来い」

天馬は、これらの高官に向かって彼の方法を示した。

「蜜蜂を重用《ちょうよう》したい」

「蜜蜂の任務は？」

「蜜蜂は蜜を採ることができるが、刺す針もある」

「オー、それは絶妙。話を聞く者には、蜜があたえられ、話を聞かない者には針を刺す」

「わしは薬草区を保存したい」

「薬草区？」

「薬草も花をつければ、蜜がある。孝・悌・忠・信・礼・義……彼らは薬草の花の蜜を食べてよい。百歳の長命を授かるだろう」

「絶妙だ」

「英明な天馬よ」

「誰が話を聞き、誰が聞かないか、どうして知るのか？」

「私はネズミも重用したい」

「どんな種類のネズミか？」

「各種各様のネズミだ」

「すべてのネズミどもか？」

「コウモリは最適任のネズミだ。黄昏から飛びはじめ、すぐに仕事を始めることができる。重要な仕事は夜にある」

「どうして夜なのか？」

「多くの秘密は夜、発生する」

「コウモリ以外のネズミは？」

「モグラだ」

「モグラ？」

「モグラは常に地下にひそんでいる。地下での工作ができる」

「丘蟻も地下にいるぞ」

「とにかく、わしはモグラを重用したい。モグラは地下にいて地下を監視することができる」

「そのほかには？」

「ジャコウネズミ（銭鼠《せんそ》）がいる」

「ジャコウネズミは何をするのか？」

「銭《ぜに》を咬む」

「銭を咬むとは？」

「銭を運ぶということだ」

「五匹の鬼を使った方が早く運べるのではないか？」〔6〕

「丘蟻一族にも銭が必要なのか？」

「どうして銭が必要でないのか？」

「天馬は英明だ」

「モルモットというネズミもいる。話を聞かない場合は、つまみ出されて実験に供される」

「恐ろしいのう」

「可哀相なモルモット」

「誰が言っているのか？　恐ろしいとか、可哀相だとか」

「天馬は英明だ。天馬は英明だ」

「話を聞きさえすれば、何事もない」

「まだ、ある。わしはイタチも重用したい」

「あれもネズミの一種か？」

「なぜイタチを重用するのか？」

「臭い屁を放つことができる。あいつの屁は本当に臭い」

「なぜ臭い屁が必要なのか？」

「イタチも敵を威嚇し、逃走させることができる。猫や犬だけではなく、ネズミや猿に至るまで」

「平時は臭い、単なる強烈な臭いだが、非常時には音信のように広く伝えることができる。臭いが強烈であればあるほど、それだけ遠く広く伝わって行く」

「天馬は本当に英明だ」

「わしは鷹も使いたい」

「鷹は鋭い眼と爪を持っている」

ピー、ピー、ピー。ピー、ピー、ピー。

鷹が現れた。一羽だけではなく、一群の鷹が羽根を広げて空中を旋回している。

「わしは犬も使いたい」

「犬は鋭敏な嗅覚を持っている」

ワンワンワンワン、ワンワンワンワンワン。

「実に絶妙だ。鷹を使ったり、犬を使ったり〔7〕」

犬が現れた。一群の猟犬だ。臭いを嗅いだり、吠えたり。

「わしはフクロウも使いたい」

「なぜフクロウなのか？」

「フクロウは飛ぶ時、音を出さない。コッソリ来て、コッソリ去って行く。影のように」

「隠密そのもののフクロウ！」

「オー、天馬は英明だ。適材を適所に使っている」

「みんな、分かったな？」

天馬は、そう大声を上げた。まず足踏みをし、尾を揺らし、尻をねじり、次に前脚を揚げ、後ろ脚で立った。さらに高大に見え、威風は完璧だった。

ヒーン、ヒヒーン、ヒーン。

「分かった」

「実に偉大だのう」

「最後にパンダを重用したい」

「なぜだ？」

「その通りだ。パンダは非常に美しい。天馬と同様に美しい」

「パンダは非常に美しい」

「まだ、あるのか？」

「黒白がはっきりしている」

「丘蟻はむしろ黒白が転倒しているのを喜ぶのではないか？」

「パンダは世界でもっとも可愛い動物だ」

「聞くところでは、パンダには鋭い爪があり、攻撃にも秀でているとのことだが」

「ほかには？」

「パンダは蟻塚地帯にはいない。高級な外来品種だ」

「パンダは天馬と同様、身分が高いか？」

「彼らはともに高級品種だ」

「パンダのできることは？」

「竹を食べること。しかし、特殊の若い竹だけを食べ、食べ終わると、寝てしまう」

「オー、本当に高級だ」

「聞くところでは、あまり子どもを産めない」

「種が滅びないか？」

「もしかすると……」

「惜しいことだ。それほどに高級な品種なのだ」

「パンダも丘蟻が変化したものか？」

「幸いにも、幸いにも丘蟻は滅びることのない種だ」


「私に、一つの建議がある」と丘忠が言った。

「私たちは天馬の肖像画を作らなければならない」

「どうしてか？」

「仰ぎ見ることができるし、お姿を保存できる」

「保存する必要がある」

「そうだ、そうだ。もっとも美しいお姿を保存する必要がある。もっとも美しいお姿と、もっとも美しい御事績を」

「その通りだ。私たちは天馬の肖像画を作る必要がある」

「まず、その前に天馬に聞く必要がある」

天馬は笑ったが、答えはなかった。しかし、天馬は、さっと姿勢を整えた。

「誰が描くことができるのか？」

「猿だ」

「猿よ、出て来い」

チッ、チッ、チッ、チッ、ギィー。

猿がやって来た。半ば這い、半ば走りながら、頭を左右に振り、目玉をクルクル、絶えず辺りをうかがった。

「猿よ、お前は肖像画を描《か》くことができるか？」

チッ、チッ、チッ、チッ。

猿は歯をむき出し、激しく頭を横に振った。

「お前は描くことができないのか？」

チッ、チッ、チッ、チッ。

猿はさらに大声を出し、さらに強く頭を横に振った。

「猿の表現法は一般と違う。頭を横に振れば、イエスということだ。描けると言っているのだ」

と丘智は言った。

「猿はウソをついている」

「ウソをつくのは丘蟻だけだ。猿はウソはつかない」と猿は言い、またひとしきり激しく頭を横に振った。

「猿よ、お前は丘蟻が変わったものなのか？」

「ノー」と今度は、猿は猛然と頷《うなず》いた。

「お前は結局、絵を描くことができないのではないか？」

チッ、チッ、チッ、チッ。

猿は頭を振りながら、一本の樹の枝をつかみ、地上に絵を描きはじめた。


「見よ、猿はたしかに絵を描いている」

「何を書いているのか？」

「線だ」

「どんな線だ？」

「まっすぐな線や曲がった線だ」

顔は非常に長く、耳は非常に大きく、しかし脚は四本とも非常に短く、後ろ脚で立ち上がってはいるものの、前脚がカマキリのように曲がっている。そして白アリのような薄い羽根が身体に張り付き、角は細い上に短く、栄養不良の筍《たけのこ》のように見えた。また、ねじくれた尻は、ちょっと薑母鴨《ジャンムーヤ》に似ていた。

ヒン、ヒン、ヒン、ヒーン。

「何を描いたのだ？」

馬は怒り狂い、後ろ脚で直立、前脚を高く揚げ、地面に描いてあるのと同様なポーズを作り、猿に向かって飛びかかった。鼻からは煙が噴き出た。

チッ、チッ、チッ、チッ。

猿は驚き、二十歩後ずさりした。顔は真っ赤に染まり、口さえ利けない有様で、頭を下げ続けた。

「別のやつを探して来い」

「猿だけが絵を描くことができるので」

「別の猿を探して来いと言っているのだ」

「彼は巨匠で」

「巨匠？　こっちへ来い」と天馬が猿に命じた。

チッ、チッ、チッ、チッ。

猿は岩の上から飛び降りてきた。

やはり二十歩以内には、近づこうとしなかった。

「こっちへ来い。傷害をあたえるつもりはない」

猿は、それでも動かなかった。

「わし、天馬は言ったことは必ず実行する」

「天馬はウソをつかない」

「天馬はウソをつかない」

何匹かの丘蟻が唱和した。

猿は戦々恐々として前に進み、馬の面前に来た。猿の頭は乱れ動き、頷《うなず》いているようでもあり、横に振っているようでもあった。

「お前は、よい絵を描かなければならぬ。分かったな？」

チッ、チッ、チッ、チッ。

猿は猛然、頭を横に振り、再び地上に描きはじめた。休むことなく描いて地面一杯となった。

「猿、お前は何を描いたのだ？」

「天馬を描いたのだ」

今回は、耳はネズミのように小さく、顔はワニのように平べったく、脚はキリンのように細くて長かった。羽根は、風にヒラヒラ揺れ動くシュロの葉のようで、角は象牙のように大きく曲がり、片方に傾斜して、ほとんど馬の頭を押し潰しているような趣き。尻だが、尻はどこへ行ってしまったのか？　どうして尻がないのか？

「尻は？」

「どうして馬に尻がなくてもよいのか？」と一群の丘蟻が大きく眼を見張って尋ねた。

「ある、ある」

馬糞虫の大群が天馬の尻の上に張り付いていたのだ。

一匹、二匹、三匹と、さらに多くなってきた。

大きいのもいれば、小さいのも。

「尻が馬糞虫に占領されてしまったのだ」

馬は猿の新しく描いた絵を一見すると、脚で猛然、地上を蹴り、猿の描いた絵をズタズタにした。そして、さらに足踏みを続け、地面一杯に蹄の跡をつけた。

「天馬は怒っている」

「天馬を怒らせてはいけない。分かったな？」

猿は答えなかった。ただ頭を横に振った。

「また尻を削りとってしまったではないか」

「やりようがない。この程度にしかできない」

「文句をいうな」

「もう一度描け、もう一度。真面目に描け。やりようを考え、天馬そっくりの絵を描け。分かるか？」

猿は再び絵を描きはじめた。今度は、実物にかなり近かった。ただ、尻をちょっと大きく描いた。さきほど小さく描いたのを大きくしたのだ。同時に、さきほど大きく描いたのを小さくした。

馬はチラと見て、少し頭をかしげた。

「実に美しいお尻」と丘蟻一族は大声をあげた。

その時、一陣の風が吹いてきて、グルグル旋回しはじめた。

「風が吹いてきた。誰がウソをついたのか？」

「自分の判断で来た」と風は言った。

「どうしよう？」

地面に描かれた絵は風にえぐりとられ、一点の痕跡しか残さなかった。残ったのは尻の痕跡で、猿が特別に力をこめて描いたものだった。

チッ、チッ、チッ、チッ。

猿は傍らの岩を指した。

「オー」

天馬は理解した。猿が地上に描いたのは素描でしかなく、本物は岩に描くものだった。岩に描いてこそ永久に保存できるからだ。実際、猿は少なからず岩に絵を残していた。

ヒン、ヒン、ヒヒーン、ヒン。

「猿はたしかに賢い。よい絵を描くことじゃ」と天馬は言った。

猿は石をたたいて割り、鋭い一角を使って岩に絵を刻みはじめた。

天馬は大いに満足し、毎日、猿がどのように自分を刻み上げるのかを見に行った。

猿の描き方は非常に奇怪。ちょっと耳を描く。ちょっと角、傾いた角を描く。ちょっと脚を描く。ちょっと尻尾を描く。ちょっと腿を描くといった具合で、刻み終わってはじめて猿が描いていたのは馬であり、しかも一匹の馬であることが分かった。

しかし、猿が刻み上げたのは、やはり耳が非常に大きく、脚も非常に短いもので、どちらかというと、最初に地面に描いたのに似ていた。しかも、馬は呆々然《ぼうぼうぜん》として立ち、どんな動きも、表情も認められなかった。猿は描き終わると、歯をむき出し、頭を横に振り続けた。

「石は、あまりに硬い」と猿は言った。

「あれは猿が本当に描きたいと思ったものだ」と丘智が言った。

天馬は怒り狂い、猿を探し出し、蹴ろうと思った。踏みつけようと思った。

チッ、チッ、チッ、チッ。

猿は岩の上に逃げ、叫びながら、頭を横に振り、身体を揺すった。身震いしているように見えた。天馬はさらに怒った。今回、猿は天馬の角を、細々とした樹の枝のように描いた。しだれ柳の枝のようだった。中央にまっすぐ立っていないで、垂れ下がっていたのだ。

ヒン、ヒン、ヒン、ヒーン。

天馬は前脚を揚げて、岩の上の絵を蹴ろうとしたが、届かなかった。

ヒン、ヒン、ヒン、ヒーン。

天馬は羽根をうって飛び上がろうとしたが、羽根が薄い上に小さく、脚の半分ほどの高さにも達しないで落下した。天馬は力を込めて再び試みたが、ダメだった。この羽根は、天上から降りてくる時、滑空を助けるもの以外ではなかった。

ヒン、ヒン、ヒン、ヒーン。

馬は大声を上げ、鼻から不断に息を出し、岩に噴きかけた。岩の上にいる猿を吹き飛ばそうと考えたのだ。

が、その一噴きは岩の上の岩くずをすっかり噴き飛ばし、猿の描いた絵が、より一層、はっきり見えるようになった。

「飛ぶぞ、飛ぶぞ。飛び上がって猿を蹴るぞ」と一匹の小丘蟻が大声で叫んだ。

馬はもう一度、羽根をうったが、羽があまりに小さく、飛び上がれなかった。鼻から煙を噴き出すしかなかった。

「あれは何だ？」

「煙だ」

「火か」

「火でもある」

「すごいぞ。天馬は煙を噴き出すことができるだけでなく、火も噴き出すことができるのだ」

「火山か？」

「馬の火山だ」

天馬は煙と火とを、絵の描かれた岩にまで届かせた。

「神煙だ。神火だ」

天馬が煙と火とを一噴きすると、角は真っ赤となった。真っ赤に焼けた鉄のようだった。

「角は何に使うのか？」

一匹の小丘蟻が、岩に刻まれた角を見ると、岩に描かれた角も、真っ赤に焼けはじめているようだった。

「喧嘩に使うのだ」

「喧嘩ではない。戦闘に使うのだ」

「族長は、戦争はするが、喧嘩はしない」

「あのような角で戦争できるのか？」

「あのような角は、塵払いのようなもので、蚊を追い払うことができるだけだ」

「馬の武器は角ではない。脚だ。そうではないのか？」

「その通りだな」

天馬は力を込めて後脚を踏みしめ、二本の前脚を挙げた。カンガルーが拳闘をしているようだった。

チッ、チッ、チッ、チッ。

猿は高いところに身を避けた。


「よいなあ」

「美しいなあ」

馬は前脚で身体を支え、後ろ脚で猛然と蹴った。

「よいなあ」

「あれはサーカスか？」〔8〕

「不謹慎なことを言うな」

「馬は前脚でも、後ろ脚でも蹴ることができる。前でも打ち、後ろでも蹴ることのできる、四肢万能の、何という神のように勇ましい天馬だろう⁉」

「何という美しいお姿！」

「英姿煥発《かんぱつ》だ」

「馬同士で喧嘩する時も、こんなふうに蹴るのか？」

「そうだ」

「馬が猿そのものを蹴る場合も、こんなふうか？」

「そうだ」

「だが、猿は、あまりに小さい。蹴られたら、きっと死ぬだろう」

「馬は熊と喧嘩する時も、こんなふうに蹴るのか？」

「そうだ」と天馬は顔を紅く染めながら言った。

「その通りだ。それが馬の唯一の武器だ」

「虎と出会った時も、こんなふうだったか？」

「それはすでに話したことだ」

「ここには猫しかいない。野良猫しかいない。虎はいない」と小丘蟻が言った。

「しかし、虎は少しばかり大きい猫でしかない。虎を猫と見なせばよいのだ」

「天馬は虎を猫と見なしているのか？」

「間違いない。それは虎がもっとも怖れる武器だ」

「天馬は一蹴りで猫を殺すことができる」

「エッ、虎のことではないのか？」

「天馬は一蹴りで虎も殺すことができる」

「しかし、わしたちの住むここには虎はいない。猫しかいない。わしは一蹴りで猫を殺すことができる」

「虎がいないのではない。虎がみな姿を隠してしまったのだ」

「虎は天馬と出会うと、猫に変わってしまうものなのだ」

「胆《きも》がない虎だ」

「神のように勇ましい天馬！　神のように勇ましい天馬が、胆がない虎を蹴散らしてしまうのだ」

「偉大なる族長！」

「偉大なる族長、丘蟻一族の救世主！」

「族長万歳！」

「族長万歳！」

丘蟻一族の声は大地を震撼《しんかん》させた。


ドカン、ドカン、ドカン。

大空に雷声がひとしきり、稲妻も閃いた。

「あれは何だ？」

「早く隠れなければ。族長、早く隠れなければ」

「どこに隠れたら、よいのか？　どこに隠れたら？」

天馬は、ちょっと慌てた。

「吾輩が来た。怖がることはない」

「あなたは誰だ？」

「吾輩は竜だ。吾輩は救世主だ。吾輩こそ本当の救世主」

「なぜだ？　どうして馬が来て、また竜が来るのか？」と天馬が言って、溜息をついた。

「竜には爪が五つある金竜と、爪が四つの蛟竜《みずち》とがいる。金竜はよい竜だが、蛟竜は悪い竜だ」

と丘智が言った。

「吾輩は爪が五つの金竜だ。真正の竜族、身分の高い竜族だ」

「あなたは丘蟻の変化した者か？」

「不謹慎なことを言うな」

「爪が五つの金竜だ。爪が五つの金竜だ」

「神竜だ！」

すべての丘蟻一族が頭を挙げた。金竜の身体からは強烈な金色の光が閃き出て、丘蟻たちは眼を開けていることができなかった。

金竜は眼から青い光を閃かせながら、金色の五つの爪を具えた四本の脚を広げて飛び舞った。尻尾も反らしたままだった。飛び過ぎたところでは、風も巻き起こった。強烈な風は樹を揺るがし、土砂も飛び散った。

竜の口には一個の光を発する球が含まれ、それは転がった。

竜は光を発する球を尻尾にはめて転がし、次に口を大きく開けて、一条の強烈な火焔を噴き出した。火焔の触れるところは、草木はみな焼け、砂や土さえ焼けて紅くなった。

「火は必要ない」

丘蟻は火が早くも蟻塚に移ったのを見た。

「お前たちは水が必要だろう？」

突然、竜が口を開けると、水が噴き出て、砂漠の上を潤した。

「雨が降ってきた」

「慈雨だ」と丘智が慌てて言った。

「慈雨だ」と丘蟻一族が応えた。

雨は降り続け、水位がグングンと上がってきた。

「ノー、ノー、水が多すぎる」

「水浸しになりそうか」

「水浸しはもうゴメンだ」

小丘蟻たちは祈った。


神竜は大空をグルグル回りながら下降し、さきほど天馬のいたところに降りた。

「天馬か?」と小丘蟻が問うた。

「何馬か?」と竜が問い返した。

「天馬だ」と丘蟻一族が答えた。

「天馬?」と竜が頭をかしげた。

「彼は隠れてしまった」

「なぜ隠れなければならないのか?」

「彼は隠れるのが素早い」

「隠れていない。彼は隠れていない。彼は、そこにいる」

みんなは一匹のエビが地面にいるのを見た。エビは懸命に尻尾を弾ませた。

「どうしてエビがいるのか？」

「浅瀬一体、水が濁り、呼吸さえ困難になっているのだ。可哀相なエビよ」

「彼は逞しい脚を持っていたのではないか？」

「どうして軟弱な脚〔9〕に変わってしまったのか？」

「エビには脚が何本ある？」

「八本だ」

「六本ではないのか？　丘蟻なら六本ではないのか？」

「八本だ。別に二本のハサミがある」

「どうしてハサミが一本しかないのか？」

「一本は折れた。古くなっていた」

「ノー、彼は一角獣が変わった者だ」

「どうして、このようになったのか？」

「竜と突き当たったからだ」

「竜？　吾輩が竜だ」と竜が言った。

「竜と比べたら、馬の取り得は実際、多いとはいえない」と丘智が言った。

「竜には角がある。二本あるが、馬には一本しかない。しかもニセモノだ。竜にはヒゲがあるが、馬にはない」

「しかし、馬には尻があるが、竜にはない」

「馬の取り得は実際、少ない」と何匹かの丘蟻が同調した。

「竜の角は竜角散もつくることができる」

「いい加減なことを言うな」

「ちょっと待て。竜には宝珠があるが、馬にはないぞ」

竜は言い終わると、爪と口で宝珠をもてあそびはじめた。宝珠は光球よろしく、遠くに及ぶ光の穂先を発した。


「ワァーッ」

「竜は暗黒を光明に変えることができる」

丘蟻一族は目を丸くし、口をポカンと開けた。

「天竜降臨！」

「天竜万歳！」

竜の眼からは青い光が閃き、竜の角は逞しく、戦闘用であることに間違いなかった。竜の爪は刀剣よりも鋭く、その歯も、馬がただ草を食べるのとは違っていた。竜の身体は鱗に被われているが、それは岩よりも硬い。尻尾は七星鱧《チーシンリー》〔10〕に似ているが、眼が一つはめ込まれている。

「眼ではない」

「宝珠だ」

「ワァーッ、竜の尻尾は宝珠を持っている」

「月のようだ」

「ワァーッ、竜の尻尾は月を持っている」

竜は口と尻尾を使って宝珠をもてあそんでいる。宝珠は回転し続け、遠くに及ぶ光の穂先を発した。星のようでもあり、月のようでもあり、また太陽のようでもあった。

「夜光珠〔11〕だ」

「真竜が現れたのだ」

「真竜がサーカスをしているのか？」

「不謹慎なことを言うな」

「真竜は山も造ることができる」

真竜の腹が伸縮すると、口から山に向かって火焔が噴き出てきた。山が焼けはじめ、樹木も草花もみな燃えてしまった。

ドカン、ゴロゴロ。山頂からモクモクと煙が噴き出し、火柱が立ち、次いでマグマも噴き出てきた。ひとかたまり、ひとかたまりと岩となった。熔岩流は水の流れよりも早く、蟻塚を呑み込もうとしていた。

「私たちには火は要らない」

「助けてくれ！　助けてくれ！」

丘蟻一族は一大パニックに陥った。

「静かに、静かに。吾輩は山を造っているのだ」と真竜は言った。


「真竜よ、あなたは、ほかに何かできるのか？」

「吾輩は海も造ることができる」

真竜はそう言って、こんどは水の柱を噴き上げた。それは、時には水の柱のようで、時には水の扇のようで、火山に向かって噴き出された。火山は忽《たちま》ち火が消え、水が集まって池ができた。

「私たちは池は要らない」

「竜もまた池に自分を映して見るのか？」

「お前たちは海を求めているのか？」と神竜は問うた。

「砂漠のなかに、どうして海がある？」

「吾輩が海を造った」

「海はどこにあるのか？」

「あれは海ではないのか？」と神竜は池を指した。

「あれが海？」

丘蟻一族が、池はすぐに乾上《ひあ》がってしまうと言った。

神竜は再び水を噴き出し、池を造った。しかし、忽ちのうちに乾上がってしまった。

「海ではないのう」

「お前たちは海が必要なのか？」

「ノー、ノー」

丘蟻一族は、かつての水災を完全に忘れていなかった。

「私たちは池で充分だ」

「あれは池ではない。海だ」

「私たちは海がほしい」

「海はすでにある。ほかに何が必要なのだ？」

「長寿だ」

「丘蟻の寿命は、どれほどか？」

「三日」

「三日？」

「一ヵ月、長生きできたら、よい」

「一ヵ月？」

「いや、一年」

「一年？」

「いや、百年」

「百年、生きたいと思うのか。それなら、吾輩より長生きだ」


「神竜万歳！」と一匹の小丘蟻が言った。

「神竜万歳！」と丘蟻一族が一斉に唱和した。

「アラー、アラーが降臨した」

「アラー万歳！」

「止めよ、止めよ、止めよ」と丘智が突然、大声で叫んだ。

「どうしたのだ？」

「もう叫ぶな」

「神竜よ、あなたは本当に天から降りてきたのか？」

「お前たちは見なかったのか？」

「あなたは丘蟻が変わった者ではないのか？」と一匹の小さな丘蟻が問うた。

「吾輩は天竜だ。天から降りてきたものだ」

「天竜万歳！」

「天竜万歳！」

ドカン、ドカン、ドカン。ドカン、ドカン、ドカン。

天上から絶え間なく雷声が響いた。強烈な稲妻とともに。

「アイヨー」と五つ爪の金竜が一声大きく叫んで、突然、地上に転がった。

「どうしたのだ？」

「本物の竜が出現したのではなかったのか？」

「神竜もまた病気になるのか？」

ドカン、ドカン、ドカン。

天竜は転がるのを止めると、身体が絶え間なく縮んで、小さな、小さな毛虫になってしまった。

地上を忙しく這い回りながら、二つの小さな触角を絶え間なく左右に動かした。

「天上の竜は地上の虫」と小丘蟻が歌をうたうように言った。

「デタラメを言うな」

「私たちは、デタラメなど言っていない。天上の竜は地上の虫」

「デタラメを言っていないというのが、デタラメだろう」

「丘蟻はデタラメを言わない」

「丘蟻は、もっとも誠実だ」

「丘蟻はウソをつかない」

「丘蟻は、もっとも誠実だ」

「丘蟻は世界で、もっとも誠実な一族だ」

「丘蟻万歳！」


ビュー、ビュー、ビュー。

「あれは何だ？」

「ネズミか？」

「ネズミではない」

丘蟻が眼をやると、あの一匹の毛虫の身体から毛が抜け落ちた。

変われ、変われ、変われ。

「毛虫は何に変わった？」

「丘蟻」とすべての丘蟻が小声で答えた。

「竜は？」

「竜もいない。いるのは丘蟻だけだ」

「丘蟻一族は、あらゆる生物の中で、もっとも偉大な一族だ」

「もっとも偉大な一族だ。もっとも偉大な一族だ」

「丘蟻万歳！」

「世界でもっとも誠実な虫、丘蟻。丘蟻万歳！　丘蟻万歳！」

ドカン、ドカン、ドカン、ドカン。

「あれは何だ？」

ドカン、ドカン、ドカン、ドカン。

「丘蟻一族万歳！」

ドカン、ドカン、ドカン。

天上では稲妻が閃き、地上では砂が飛び、石が転がった。きっとだ。きっと大地に大きな変化が起こるに違いない。

「丘蟻一族は、一日に何度ウソをつくことができるか？」

「二度だ。黒を白といい、白を黒という」

「八回だ」

「なぜ八回なのか？」

「蜜蜂が飛行する時、8の字を描くから」

「九回が正しい」

「馬は九まで数えることができるから」

「馬は？」

「馬は？」

みんなは馬を探した。

「十回」と猿は手を出した。

「十回とは？」と丘蟻が問うた。

猿は脚も伸ばして出した。

「二十回だ。猿は一日に二十回もウソをつくことができる」

「実に偉大な猿！」

「竜は？」と皆が問うた。

「竜の宝珠は？」と一匹の小丘蟻が問うた。

「竜の宝珠か？」とすべての丘蟻も気がついた。

「宝珠は、あそこにある」

「どこだ？」

「尻尾にあった」

「ない。尻尾にない」

「猿に食われてしまったのだ」

「食っていない、食っていない」と猿は頷《うなず》き続けた。

「天上だ。宝珠は天上にあるのだ」

「天上に？　天上のどこにあるのか？　今夜は天上に雲があり、星も見えない」

♪今夜は、星がキラキラと輝いている。〔12〕
一匹の小丘蟻が頭をもたげて、歌いはじめた。
「素晴らしい声だ」
「歌うな」と丘智が言った。

「どうして？」

「今夜は天上に星などない」

♪ 今夜は、星がキラキラと輝いている。

あの小丘蟻は大空を見上げながら歌うのを止めなかった。

♪ 今夜は、星がキラキラと輝いている。

「歌うな。本当に歌うな」

砂漠中の丘蟻たちが、みな頭をもたげて唱和しはじめた。

♪ 今夜は、星がキラキラと輝いている。

「星はどこにあるのか？」

「星は闇夜のなかにある」

「あった、あった」

砂漠中の丘蟻たちが真っ暗な空を見上げた。

「一つ星、二つ星、三つ星、四つ星。もう一つ大きいのがある。五つ星だ」と丘蟻たちは声を揃えて数えた。

「五つ星、五つ星」

「馬は？」

「馬はいない」

「あのネズミたちは？」

「ネズミもいない」

「あの鷹たちは？」

「鷹もいない。犬もいない」

「竜は？」

「竜はいない」

「竜もいなくなった」

「樹もない」

みんなは、石ころだらけの土地に移植された樹がすべて枯死しているのを発見した。

「丘蟻しかいない。砂漠を満たした丘蟻たちは天上の星屑のようだ。また闇夜の星屑のようでもある」


この時、猿がまた現れた。

チッ、チッ、チッ、チッ。

「猿よ、お前は何しに来た？」

「俺は、ずっと考えていたのだ。天をどのように描いたらよいか、地をどのように描いたらよいか、馬をどのように描いたらよいか、虎をどのように描いたらよいか、竜をどのように描いたらよいかと。彼らは、どこへ行ってしまったのか？」

「私が馬だ」と一匹の小丘蟻が言った。

「私が虎だ」と別の小丘蟻が言った。

「私が竜だ」と第三の小丘蟻が言った。

今夜は、星がキラキラと輝いている。天上には満天の星、地上には満地の丘蟻。猿は天空を望みながら、絶え間なく頷《うなず》いていた。

原注
（1）「吹法螺」（ホラを吹く）は日本語では「吹牛」（大風呂敷を広げる）の意。

訳注
〔1〕元の詩人馬致遠の「秋風」の一節。荒涼とした情景を歌う。
〔2〕「I　丘蟻一族」訳注〔15〕（96頁）を見よ。
〔3〕伝説上の女官。青竜将軍と恋愛に落ちるが、ともに宮廷を追われ、離れ離れになる。封建時代、

災禍をもたらす人間の代名詞となった。
（4）孫悟空が頭にはめている金輪。
（5）あること、ないこと言いふらす人のこと。
（6）五匹の鬼を使って、お宝を手に入れたという故事（五鬼般運法）による。
（7）「鷹犬」は中国語では、手先の意。
（8）原語は「馬戯」。
（9）原語は「軟脚」。台湾語では、弱虫の意味がある。
（10）雷魚（台湾どじょう）のこと。
（11）原語は「夜明珠」。夜、闇を照らすという伝説上の真珠。
（12）プッチーニの歌劇『トスカ』第三幕、夜明けの処刑を前にしてトスカの恋人、カヴァラドッシによって歌われるアリア冒頭の一句。

なぜ童話を書くのか

なぜ童話を書くのか？

それには、いくつかの理由がある。
一、台湾には童話がない。
二、私は書かなければならない。
三、私は書くことができる。
四、私は台湾を書かなければならない。
五、童話は文学作品であり、台湾文学に、いくらかを加えることができるのを望む。

私の経験と観察によれば、台湾にはたしかに童話が少ない。

一九四五年以前、台湾は日本の統治下にあり、私は国民学校の生徒（一九三八〜一九四五年）で、そこで学んだのは日本の文章と日本語だった。教科書が主で、読んだのは桃太郎や浦島太郎、花咲爺や猿蟹合戦、それからカチカチ山、これらは皆、日本の昔話で、短くまとめられたものだった。

一九四五年、戦争が終わって統治者も変わり、台湾人は中国の言葉や文章を学びはじめた。最初は中国人が来ていなかったので、漢学塾で漢文を教えていた先生が来て、漢文を教えた。

烏飛兎走《ウーフェイトーツォー》、烏出林《ウーチューリン》、兎入穴《トールーシエ》。台湾語での「走《ツォー》」は中国語の「跑《パオ》」[1]に当たる。

私は高級中学〔日本の高校に当たる〕を卒業するまで、ほとんど中国の古文を読んだことがなく、当時、使われていた教科書は台湾省政府が編んだもので、初級中学〔日本の中学に当たる〕で一冊、高級中学で一冊、いずれも三〇〇頁ほどあり、学校や先生によって、その一部分がテキストに指定された。それは初歩的な学習で、それ以上のものではなかった。

初級中学のものは、すでに手元にないが、高級中学での教科書は『高級国語文選』といい、全部で三八〇頁あるが、その中には一篇の小説もない。『火焼赤壁〔火は赤壁を焼く〕』[2]の抜粋を除いて。

実際、一九四九年までは、本屋で、魯迅・巴金・老舎など、三〇年代の中国人作家の作品を買うことができた。当時、私は文学なるものを知らず、たまたま隣家で巴金の『滅亡』を見かけたことがあった。高等中学在学中か、それ以降のことだったか。難しいとは感じないで、一日で読み終えたことがある。

童話に至っては、この時期読んだのは、『開明英文』〔初級・高級中学教科書〕中の一篇、林語堂の編んだ「マッチ売りの少女」だけだった。やさしい英文だった。

『高級国語文選』に収められている文章は大概、論説や紀行文、それから正しい人間になることや学問を修めることを学ぶための文で、文学作品は全く重視されていなかった。

事実、中国の文学伝統では詩や文が重んじられた。しかし、文には小説は含まれず、童話は言うまでもない。

昔は、子供は四書五経から読み始めた。だから戦後初期は、童話や児童読物は多くが改作か、飜訳物だった。

改作は中国物の改作で、その大部分は歴史演義の一部を改作したものだった。歴史演義が重きを置いているのは、忠孝節義の宣揚で、関帝が一般人民の崇拝を受けたのも、ここに理由がある。一般に中国の文学作品と認められているのは、『三国志演義』・『紅楼夢』・『西遊記』・『水滸伝』などだ。

私が『三国志演義』を読みはじめると、大人たちは、読了するな、と警告したことがある。悪巧みやウソを学習するようになるからと。私も最後まで読まなかったが、本当の理由は、諸葛孔明が死んだ以降は、作者の気も入らず、面白くなかったからだ。

小説は重視されなかった。童話は、それ以上に重視されなかった。

私の子供たちの小学校の教科書には、「孔融、梨を譲る」とか「司馬光、水甕を壊して人を救う」[3]などの話が入っているが、両者とも子供たちを教導する目的を含んでいる。

二〇一一年の現在も、大人たちは教師や家長をふくめて、児童に聖賢の書を読むこと、四書五経を読むこと、『弟子規』[4]を読むことを奨励している。最近、教育部は、中学生は必ず四書を読まなければならないと定め、試験に合格しなければ卒業させないと強調している。彼らは、学習能力がもっとも高い時期にこそ、このような心身に有益なことを行うのがよいと考えているわけだ。

もちろん、それとは違った考え方をする大人もいる。彼らは子供たちに童話を読むことを奨励しているが、その大部分は外国語からの翻訳物だ。今では、少なくはない子供たちが簡単な英文童話を読んでいる。

しかし、時代は変わり、現在、大人たちも童話の重要性を知るようになり、政府の教育部門や出版社も賞を設け、童話の創作を促している。私も審査委員を務めたことがあり、少なからぬ佳作が現れてきている。しかし、少なからぬ問題も生じてきた。

一度、私は小・中の教師による創作童話の競技会に審査委員として参加したことがあるが、その中に「倒楣鳥《タオメイニャオ》」[5]という作品があった。台南にオランダ記念館があるが、四百年前のことを再現している。その一つを題材にしたものだが、当時、漢学塾で教えていた先生が生徒に「君たちは何しに学校にくるのか」と聞く。それに対して、生徒が「友達と遊ぶためにくる」と答える。「倒楣鳥」は教室内を飛び交っている鳥で、生徒たちがおしゃべりをすると、飛んで行って彼らの頭をつつく。つまり、教師は、これを見て感銘を受け、この童話を書いたわけだ。四百年後の先生は、こんなふうに考えた。つまり、遊ぶために学校に行くのは、よくない、懲罰が必要だ、と。新しい観念が出現してきてはいるが、一部の地域、一部の人々は、このような古い考え方を固守している。

私が童話を書き始めたのは一九八〇年のことで、三十年前のことに属する。

私が童話を書いた直接の原因は黄春明の提議によるもので、当時、洪醒夫[6]が呉濁流の創刊した『台湾文芸』の編集をしていた。彼は黄春明のところに出かけ、原稿を依頼したいと考えていた。「青番公の話（青番公的故事）」のような台湾色に富んだ作品、つまり「私はマリーを愛す（我愛瑪莉）」のようなものではない作品を書いてほしいと考えていた。洪醒夫は黄春明が、気が短いのを知っていたので、私を連れて行くことにした。私たちの懇談は非常に良好で、黄春明は寄稿を約束してくれたが、結果はノーだった。しかし、別れる前、黄春明は言った。私たちは児童のために作品を書かなければならない、と。

ほかに李喬が、日本人は筆を納める前、必ず童話作品を書くようだと言ったことがある。彼がどのような根拠に基づいて、それを言ったのか知らないが、たしかに深思に値する話だと思った。林懐民[7]は当時、アメリカに留学していたが、何人かの志のある人たちと文通していた。当時は、みな謄写版を使って文を書き、回覧していた。内容は理論が主で、すべて児童文学に関するものだった。書かねばならぬとすれば、どう書くか、何を書くべきか？　それが彼の話題だった。作品はなかった。それで私は「燕心果」という作品を書き、林懐民に送った。彼は非常に感動し、作品は謄写版で印刷され、回覧された。

「燕心果」は私が書いた最初の作品だが、第一篇として正式に発表されたのは、一九八二年のことである。

こうして私は童話を書きはじめた。

童話を書くとして、何を書いたらよいのか？　正直にいうと、最初は少しばかり迷いがあった。その時、私は日本の作家、芥川龍之介の「尾生の信」という作品に思いが及んだ。二人の友人が橋のほとりで会う約束をしたが、約束の日、大雨が降って友人が来なかった。大水が出て、尾生が流されてしまったのだ。「信」とは信用のことだ。

燕は渡り鳥で、南から北へ、再び北から南へと飛ぶが、北でたまたまオットセイに遇った。オットセイは、もし燕のあのような羽があれば、南の温暖な地方に飛んでいくことができると思った。燕は、それに応えて次の季節に南から、食べると燕のような羽が生える小さい赤い果物を運んできたが、途中でネズミに騙し取られてしまう。ネズミは果して羽が生えてきたが、コウモリに変身してしまった。燕は思わぬことで約束を破る結果になったので、自分の心臓を吐き出してオットセイにあたえた。

オットセイがあわや飲み込もうした時、それは本当の果物ではないと叫ぶ者がいた。そのため、オットセイには羽が半分しか生えて来なかった。

これは私の書いた最初の童話だが、当時は、何を書くべきか、題材はどこから持ってきたらよいか、本当にはっきりしていなかった。しかし、第一篇を書き終わると、多くの題材が私にあるような感じがした。私は童話を書くことができる。つまりこれが第三点の「私は書くことができる」に相当する。

以後、次々に何篇かの童話を書いた。「雷鳥の王様（松雞王）」・「鹿の角の形をした神木（鹿角神木）」・「七面鳥の密使（火雞密使）」・「飛ぶ傘（飛傘）」などで、一九八五年、これらを収めて『燕心果』と題する童話集を出した。

岡崎郁子教授は、これらの童話、なかでも「鹿の角の形をした神木」に心を動かし、彼女の言うところでは、その感動を日本人と分かち合いたいとして日本語に訳し、「阿里山の神木」というタイトルで出版した（一九九三年、研文出版）。

岡崎教授の翻訳は私に啓示するものが大きかった。彼女の編集は原書と少しばかり違うところがあった。原書のうち、採用した作品もあれば、採用しないのもあったということだ。それだけではなく、『燕心果』には収めていない作品を、いくつか加えていることだ。彼女の選択は、直接・間接にかかわりなく台湾に関係のある、「台湾的」なものに限るというものだった。「雷鳥の王様」のような作品は、台湾には雷鳥はいないというので、選から漏れている。

小説を書く時、平素、私には資料を収集する習慣がある。題材に対しても、比較的に神経を使っている。

小説を書く時、私は写実を重視する。写実は一つの重要な原則だ。しかし、写実だけでは充分ではなく、境界線を突破する必要があると考えている人がいる。昔の人は、夢や幻想を用いて、現実を超脱した。「マジック・リアリズム」（台湾では「魔幻写実」と訳されている）が出現した後は写実の領域は大きく拡大した。

資料収集の段階で、当然ながら動物や生物の題材にも突き当たった。時には、「紙のトノサマガエル（紙青蛙）」のように、そのまま小説に描いたことがあった。この作品も、別に岡崎教授によって日本語に訳された。これらの題材は、むしろ童話の創作に適していた。

動物の世界は人間の世界から遠く離れているというのが一般的な見方だ。実際、動物の世界は暗喩に富み、容易に読者に人間の世界を想像させる。

私は、猿が出てくる童話を何篇か書いている。多くの場合、マイナスの役柄で出てくるが、それは彼らがもっとも賢い動物で、もっとも人間に近いからだ。彼らの振る舞いも、もっとも容易に読者に人間の世界を想像させる。

「白い砂浜の琴の音（白沙灘上的琴声）」では、猿は汚れた罪人の頭目だが、「賢い猿（精霊猴）」の猿は果物ほしさに橋を架け、虎を迎え入れて食べられてしまう。

台湾の動物は種類が多くはない。鹿・熊・ネズミ――これらは、すべて私は書いた。

第一童話集『燕心果』は、これらの題材を使ったものだ。

この時、私は初めて台湾を書くことの重要性を理解した。なぜ台湾を美麗島と呼ぶのかも理解した。それに対して、国民党政府の台湾統治には、中国を重視するが台湾は粗略にする傾向がある。

王昶雄先生[8]は日本に留学し、「阮《ルアン》が心内の戸や窓を開ければ（阮若打開心内的門窗）」と題する詩を作り、故郷の田園を偲んだ。故郷とは台湾のことで、彼は異郷にあって台湾を偲んだのだ。台湾にいたら、台湾を見ないわけにはいかない。

戦後、中国から六十万人の軍人が台湾に転進してきた。そのほか、二百万人余の一般人も移住してきた。彼らが台湾に来てから、すでに六十年が経過している。最初の二十～三十年間、職業作家・業余作家をふくめて、ある統計によると、作家が三千人ほどいたようだが、そのうち、ほんの少数の人しか台湾を描かなかった。

佐藤春夫は三ヵ月、台湾を訪問したに過ぎないが、「女誡扇綺譚」をはじめ、多くの小説を書いている。台南を描き、日月潭や阿里山を描き、また蕃社（先住民居住地）も描いた。

それに対して中国から来た二百万人余は、都市でさえ少ししか描いていない。台湾に対して全く関心がなく、何の感情もないのだろうか？　彼らには懐郷あるいは反共・反ソの文学しか考えられないのだろうか？　彼らには、心がないのだろうか、それとも才能がないのだろうか？（関心を持ったり、童話も書く作家が何人かいるにはいるが、成果は限られている）

つまり私が台湾を描かなければならない理由だ。小説は台湾を描かなければならない。同様に童話も台湾を描かなければならない。台湾の山河を、台湾の一草一木を。

台湾には山があり、海があり、美しい田園がある。

台湾には神木がある。阿里山の神木は雷に打たれて倒れたが、近くに多くの神木群があることが次々に発見されている。神木の樹齢は千年単位で計算されている。「鹿の角の形をした神木」は、母の帰りを待ち続けて千年、子鹿の角が神木になったという話を描いたものだ。

池に毒魚を放つ人がいれば、魚を救う人もいる。多くの魚が活き返っている。「あそこに大きいのが……」と大声で叫んでいる者もいる。

まず大きいものを救うのか？　タイタニック号が沈没する時、まず金持ちを救ったのだろうか？　それとも偉い人を救ったのだろうか？　中国の歴史故事、たとえば『封神榜《フェンシャンパン》』〔9〕では若い下位の戦士が先陣を引き受け、撃ち殺されると、次に上位の者が現れてくる。このような姿は、今の社会にも遺っている。

台湾では、多くの人が好んでシラスを食べる。しかし、現在ようやく、この二センチほどの小さい魚が、時間が経つと、大きな魚に変貌するかも知れないことを理解するようになった（台湾のシラスには、五種類の魚の稚魚がふくまれているという。もっと多いという説もある）。

これもまた生命に対する理解と尊重の結果だ。

環境問題は台湾ではかなり深刻だ。環境破壊は一つには無知から、二つには利己主義からきている。前に触れた「白い砂浜の琴の音」では、環境破壊の元凶は猿——もっとも賢く、人に近い動物だとした。私たちは常に台湾人の振る舞いに賢い猿を見ている。

「リスの尻尾（松鼠的尾巴）」では、リスの尻尾は、もともとはネズミのように細長かった。ムササビはリスが好物だったが、つかまえるのが大変だった。そこで、ムササビは一匹のリスをとらえた時、一回の苦労で永久に楽をしようと考えて、自分の大きくて重い尻尾を切り取ってリスに移植した。以後、そのため、リスは負担が重く、運動会での砂袋かつぎ競走のように早く走ることができなくなった。しかし、結果は逆で、かえってつかまえにくくなった。ムササビが速度を上げてリスをつかまえようとすると、リスはその大きな尻尾を使って急に向きを変えてしまい、永久につかまえることができなくなってしまったのだ。

「人間は必ず天に勝つ」。ダムの建設は、一つの考え方だ。原発の建設も同様だ。ある日、ダムの底に泥が溜まって巨大な滝となることがある。原発の危害については日本がよい例で、致命的だ。

人間は必ず天に勝つとは限らない。

第二冊目の童話は、『天燈・母親』[10]で、長篇である。これは台湾の農村を題材にしたものだ。この長篇童話を書くに当たっては、次の二つの点を重視した。一つは五官を使って農村を感受すること、二つはすでに失われたか、いま失われようとしている台湾の貴重な風物を描き出すこと。時間は流れ、美しくて、よいものが失われている。水上勉は、これらのすでに失われた、貴重な器物を題材にした作品[11]を書いていたと記憶する。

台湾にも、今では見られなくなった竹製の器物がある。唐箕《とうみ》（簸箕）・筊《ど》（笱仔）・落箏《らくそう》（捕魚器。形は地引き網のようで、開いた口へ魚を追い入れる）など。これらの竹製品は単に器具であるだけではなく、芸術品だ。これらの器具は今や博物館でも容易に見当たらない。

台湾人にも、少しばかり古い物を集める習慣がある。

すでに失われた物もあれば、まさに失われようとしている物もある。

水牛は、まさに失われようとしている。耕耘機が水牛に替わってしまったのだ。水牛の背中にとまっている白鷺や烏鶖《ウーチュー》[12]は、伝統的な台湾の風景画だが、それがまさに失われようとしている。間もなく、完全に失われてしまうだろう。

台湾人は水牛に対して特別な感情を持つ。多くの台湾人は牛肉を食べない。農作業をする水牛の辛苦を思って、食べるのに忍びないからだ。私は『天燈・母親』の中の一章「老牛を送る隊伍」で、一つの情景を描いた。水牛が老いると、農民は、それを売らなければならない。その代金の一部を、新しい牛を買うのに当てるためにも。売るということは、老牛を屠殺場に送ることを意味する。一群の田野の友人たちは挙《こぞ》って老牛を送る。阿章伯父さんと阿泉伯父さん（一人は漳《しょう》州人で、一人は泉州人、互いに棍棒を振るって争ったことがある）〔13〕家の案山子《かかし》も本来、宿敵だが、一本脚では歩けないので、この時ばかりは互いに身体を結わえつけ、二本脚となって老牛を送り出す。そのほか、蛇とトノサマガエルは不倶戴天の仇なのに、今日だけは一緒に送り出す。田野の中のすべての友人たちが皆、姿を現す。

台湾には、美しいタイワンアカシヤの樹林がある。以前は木炭となり、坑道の支柱としても使われたが、現在は用なしとなった。それで鬱蒼としたタイワンアカシヤの樹林も消えつつある。

私が、これらの童話を書いたのは、生命に対する尊重からだった。さらにいくつか、角度を変えて話してみたい。

私は老舎の「宝船」を読んで、彼が仏教の六道輪廻の思想の影響を受けているのを知った。その思想の中には、生まれながらにして身分に上下があるという考え方がある。中国人が台湾に来て六十余年、多くの台湾人との通婚があったが、彼らは自身を優秀な人種であり、支配者であると考えている。

馬英九は、ある講話の中で原住民に対して「私は皆さんを人として待遇する」と言った。生命は本質的に平等だ。童話は、それをはっきり示すものだ。

五官とは視覚・聴覚・嗅覚・触覚・味覚を指す。しかし、味覚は全く出てこない。あの時代、農民の味覚は非常に単純で、ものの味を楽しむことを知らない時代だった。

私は生母の弟の家へ養子として入り、毎年、夏と冬の休暇には実家に帰った。当時は、鶏は自分で飼うもので、去勢された鶏を一般には十ヵ月、養った。そして、祭日とか稲の収穫が終わると、それを殺した。生母は腿を一本、私のために残し、塩甕に漬け込んで、私が帰省すると、青菜を加えて煮てくれた。

五官の第一番目として声、多くの鳥の声を私は描いた。主なのは斑甲《パンチャー》（山鳩）で、オスとメスでは声が違い、明け方、互いに呼び合う。農村の声の風景の一つだ。

視覚では蛍（火金姑）を描いた。日本には、源氏蛍と平家蛍がいて、先祖代々の仇と争っているようだが、この闇の世界も決して穏やかではない。

触覚は手と農作物の関係で、農民は単に眼や耳だけで耕作や作物を感受していない。重要なのは手で、手を使って耕作し、稲が生長したら、手で稲穂を持ち上げ、その重さを感受する。まさに、そのなかに満足と慰安と希望がある。

湿った土に味があることは、みな知っているが、実際、乾いた土にも味がある。これは太陽の味だ。私がそう言うのは、私がそれを理解したからだ。太陽は農民に対して、農業に対して影響が大だ。

文章を書くには、全身的な感受を使わなければならない。私は童話も同様でなければならないと思っている。

この話は鬼のことを描いたものだ。鬼は怖くないものだ。私が描いたのは一群の可憐な鬼たちだ。台湾には、無実の罪で死んだ者は、輪廻転生することができないという考え方がある。阿旺は一つの天燈《ティエンタン》[14]を拾うことによって偶然、母を救うことができた。私は必然とは書かなかった。私は超自然力を信じていないからだ。この話も神のことに及んでいるが、土地の神のレベルまでだ。土地の神はもっとも基礎的な神だが、民間では、お巡《まわ》りさんのことだ。私は、それより上位の神には触れなかった。やはり、超自然力を私が信じていないことに基づく。私は児童が幼い時から、このような考え方に近づくことがないように望んでいる。

第三番目の本は『採桃記[15]』と言い、短篇でもあり、長篇でもある。いくつかの短篇から構成され、最初に導入のイントロダクションがある。これは台湾の山林を背景にした説話集だ。

先生が小学生を連れて山に登り、桃を採りに行くが、途中で大雨や山崩れに遭遇する。家に帰ることができず、農舎に泊る。大雨は大きな雷を伴った。大きな雷の稲妻は何のように見えるかと質問する者がいた。入り口に出て見た者が、道、大きな道のように見えると答えた。その夜、生徒たちは皆、稲妻の大きな道に跨がって山林に深く分け入り、探検する夢を見た。

話の第一は「カメムシ（臭青亀仔）」と言い、一群の昆虫たちが森林の中で歌を歌い、舞い踊っている。彼らは、お話をしているのだと言う。頭目はカメムシだが、五本しか脚がない。昆虫は一般に脚が六本で、動物は四本だ。ここに私が物語を書く秘密が少しばかり提示されているわけだ。一つは虚構の重要性であり、もう一つは虚構の広さだ。小説を書く時、実際そのように行っているが、童話では、さらに自由、虚構も一層顕著になっている。

「樹霊碑」は山林が嘯《うそぶ》き叫ぶ話だ。樹木には生命がある。祖父は木樵《きこり》だった。樹木の生命が障害や脅威を受けると、全森林が騒ぎ出すものだという。祖父は孫に、樹を伐る時には、まず樹に向かって頭を下げなければならない、と教えた。これは生命に対する尊重だ。

もう一篇は「台湾の黒熊（台湾黒熊）」だ。聞くところによると、日本では多くの人が熊の襲撃に遭い、死者さえ出ているそうだ。多くの日本人がイソップの寓話――二人の友人が熊に出会った時、一人は木に登り、一人は遅れて地上に身を伏せて、死んだふりをして助かったという話を信じているからだという。しかし、熊は死んだ肉も食べる。熊は死んだふりをした人に出会ったら、ただサンキューというしかないだろう。もう一点、ヒグマは樹に上れないが、黒熊は木登りの名手だ。

『採桃記』にはまた「蛇曾祖母婆《ひいおばあさん》（蛇太祖媽）」という一篇がある。少女が小さな蛇を助けると、蛇は少女に報いようとして、ほしいものはないかと尋ねる。「長生きしたい。そして、永久にキレイでいたい」と少女が答えると、蛇は彼女に一粒の果実（蛇苺の実）をあたえた。蛇は脱皮することができ、脱皮すると、さらに長く大きくなることができ、身体は光沢を帯びて滑らかになり、美しくなる。少女の願望はかなえられ、九百歳まで生きる。彼女は昔のように美しかったが、子孫は皆、彼女を残して早死にしてしまった。子孫を失うとともに、彼女は巨人に変貌、人々は彼女を妖怪だと信じるようになった。そこで少女はただ一人、深山に身を隠すしかなかった。

次に「愚かな猿の石運び（憨猴搬石頭）」という一篇では、山上に二群れの猿がいる。その一方の猿たちが家を建てるために渓谷に下り、石を運び上げると、もう一方の猿たちが「猿に家は必要ないんじゃないか」と言って笑った。そう笑われて折角、山の上まで運び上げた石を再び運び下げた。転がし落とすことはできず、運び上げたり、運び下げたり。台湾政府のやっていることは、自分自身では家が必要なのかどうかを分からず、ただ懸命に石を運んでいる、これらの猿のようだ。

『採桃記』中の説話は皆、夢景色だ。『天燈・母親』のヒーロー阿旺は現在、すでに五年級の生徒で、彼もまた桃を採りに行く。彼は夢の中で、女友達の阿秀と一緒に月の世界に行き、母親を探し当てる。母親は月の世界に住んでいたが、依然として農婦だった。しかし、月の世界に住んでいる人は皆、ガラスのように透明で、実体のないものなのか？　死後の世界は、このようなものなのか？　透明で、実体のないものなのか？　私の意図は決して、ただこのようなもので終わるものではない。

私が童話を書くに当たって、もう一つ重視している点がある。批判だ。「雷鳥の王様」では、台湾の選挙のデタラメさへの批判をこめた。また「七面鳥と孔雀」では、国共内戦の滑稽な情景を描き出そうとしたものだ。

「賢い猿（精霊猴）」では、二つの山があり、一つは虎山といい、もう一つは猿山という。虎は果物を食べないので、虎山には沢山の果物があった。そこで、虎は猿に向かって、二つの山の間に橋を架ければ、君たちは果物を食べることができるのではないか、と猿に提案した。猿が怖れると、虎は、必ずしも怖がることはない、虎はたしかに猿を食べるが、俺たちが食べるのは悪い猿だと言った。それを聞いて一部の猿がこっそりと橋を架けた。虎はまず悪い猿を食べた。そして次に良い猿も食べてしまった。猿がいなくなってしまい、猿山も虎山になった。

現在、台湾には多くの猿がいて、虎のために橋を架けているところだ。

次に「麗花園《リーファアーユワン》」（発音が「立法院」と似る）では、同園は羊の園で、一般の羊は草を食べるが、麗花園の羊は花を食べている。ここで飼われているのは、少数の、特権を持つ、花を食べる羊だ。花を食べる羊は七頭で、統治者だ。順番に主席となる。主席には、皇冠とか王杖とか、それを表す徴《しるし》が必要で、彼らは狼の皮に思い至った。狼は羊の天敵で、狼の死体が羊園に漂着すると、羊は狼の皮を剝ぎ取り、標本にし、永久の戒めにした。そのことから、蒋介石が閲兵式で三軍を統帥する時に好んでまとうマントのように、狼の皮をまとって、限りのない、しかし恐るべき威厳を顕示することが可能ではないかと思いついた者がいた。

ある日、一匹の羊が狼の皮を脱ぐのを拒否した。それに反対する者もいた。すると、脱ぐのを拒否した羊は、反対した羊を咬み殺してしまった。

ところが、ある日、狼の皮がピッタリ身体に付着して、脱げなくなってしまった。羊が狼になってしまった。狼は海辺に立ち、ほえ猛った。俺は狼の国に帰らなければならない、あそここそ、わが祖国だ、と。

現在、すでに多くの国民党の将軍たちが中国を訪問、あるいは住居を移している。将軍の一人は台湾の国軍は中国の国軍でもあり、一体であり、敵対するものではないと言っている。それらの高級将校にとっては、投降は戦争より、はるかに好ましいようだ。

羊は泥を使って船を作り、狼を乗せ、狼の国に返そうとした。船は泥舟だから、日本の「カチカチ山」のように沈んでしまい、狼の死体がまた羊の国に流れ着いた。そこで、羊たちはまた、その皮を剝いで標本を作った。歴史は繰り返すものだ。

政治童話は危険だから書いてはいけないという人がいる。また、政治童話は生活とは関係がないから、書かなくてもよいという人もいる。政治童話は童話とはいえない、児童の心身を傷つけるものだという人もいる。

台湾の問題は、多くの人が政治に無関心なこと、それに進んでかかわろうとしないし、無理解な点にある。

以前は、大人は子供たちを「鬼が来た」といっておどした。また「大人《ターレン》が来た」といっておどした。「大人」とは日本の警察のことで、国民党の特務はさらに怖かった。

政治への無関心は、良くない統治者がずっと統治するのを可能にする。政治への関心を子供の時から持たせるのが必要だ。

誰が政治をやっても同じだという人がいる。それは奴隷根性というものだ。

以前、私は政治的な題材に触れた童話をいくつか書いたことがある。実際、政治の問題は社会の問題でもある。

社会には多くの弱者、多くの不幸、また多くの不公平や不正義がある。

惰性は因襲から、不幸は統治者から来る。

台湾にとって最大の社会問題はやはり政治問題だ。ウソをつくという問題だ。どの政治家も皆、ウソをつく。

二〇〇〇年、私は「中正記念堂殺人事件（中正記念堂命案）」という短篇小説を発表したことがある。中正記念堂で殺人事件が起きたというので、テレビや新聞の記者が現場に駆けつけた。

一対の男女の友人がいた。メディアは違っていた。男記者は殺人現場を、ついに突き止めることができなかったので、記事が書けなかった。女記者の方は軽やかに「私は書き終わった」と言い、「これをあなたに上げる」と付け加えた。「では君自身のは？」と男の方が聞くと、「もう一つ書くから」と彼女は答えた。

台湾では、ニュース記事を一篇の小説として書く記者が、いくらかいる。台湾では、政治家がウソをつくのは当たり前で、非常に深刻なことだ。これまで私の書く童話は主として短篇だった。そこで、以上のことから、私はウソをつくということを題材に長篇を書いてみたいと思うようになったのだ。

多くの人は、政治は文学の題材には相応しくないと考えている。政治にかかわるのは怖いことだからだ。警察（大人）が来た。それは警察が無限の権力を持っていることを示している。人民が見ることのできるのは、警察のレベルでしかない。台湾では、警察は一個のねじ釘に過ぎない。怖いのは、その後方にあるものだ。

実際、政治問題は社会問題で、社会問題は政治問題だ。皆は公平で正義のある社会を期待しているが、その到来は容易ではない。一方では、迷信に近い伝承があり、他方では人為で、専制政治の誕生がある。

第四冊目の童話は『丘蟻一族』といい、長篇となった。二つの部分から成り立ち、一つは「丘蟻一族」で、もう一つは「天馬降臨」である。

太陽は西から昇る。それは太陽が昇る方向を西とすればよいことだ。これは詭弁だ。ウソとまではいえないが、それに近い。

動物は偽装《カムフラージュ》することができる。偽装は擬態であり、変形でしかない。しかし、人間には口があり、口を使って擬態や変形をすることができる。これこそウソだ。動物のカムフラージュは、質・量とも到底、人間が口を使って行うウソとは比較にならない。

台湾では上の者でも下の者でも皆、ウソをつく。馬英九は、「自分は米国のグリーン・カードを持っているが、すでに失効している」と言った。しかし、グリーン・カードは自動的には失効せず、米国の官員の前で正式に放棄を宣言し、署名をしなければ失効しないことは、よく知られていることだ。馬英九は、彼が放棄の手続きをしたことを証明できない。グリーン・カードを持っていれば、米国人ということになる。差は投票権がないことだけだ。

総統がウソをついてよいなら、下の者も問題はない。院長もウソをつき、大臣もウソをつき、段々下部に移っていく。議員は言うまでもなく、裁判官さえウソをつき、教師もウソをつく。

これが、私が『丘蟻一族』を書こうとした動機だ。

動物の偽装は、攻撃にも防御にも有利ということができよう。それに対して人間のウソは地位や、物質的利益を手に入れるのに役立つ。官位が高ければ高いほどウソは大きく、利得も大きくなるものだ。

第二部の「天馬降臨」は日本の天孫降臨神話を模して書いたものだ。天孫降臨は、その正当性を、神武天皇が受け取った三種の神器、鏡と剣と玉に置いているが、天馬にとっての三種の至宝は、その長い顔と、すらりと伸びた脚と、ピカピカに光ったお尻で、天馬は、その長い顔が厭ではなかった。顔が長いのこそ美しかったからだ。すらりと伸びた脚は四肢の発達と頭脳の単純さを表す。お尻が光っていたのは、人が打ったり、さすったりしたからだ。人が打ったのは、それが理想のお尻だったからだ。馬英九が、当選すると、苗栗県《ミャオリー》に馬英九奮闘館ができた。馬のお尻を打つ[16]なら、このように打たなければならない。

天馬は、中国の古書によれば、カマキリだ。カマキリが丘蟻より高級かどうか、私にはよく分からない。しかし、天馬が丘蟻のウソによって変わったのは、たしかだ。

天馬には二つの頭がある。

一般の丘蟻には名前はないが、主立った丘蟻には名前があり、すべて立派な名前がつけられている。それらの立派な名前は皆、中国の道徳的な規範を象徴したものだ。孝・悌・忠・信・礼・義・廉・恥が、それだ。

馬は結合体で、身体は一つだが、頭が二つある。丘蟻の段階では結合体双生児で、一方が丘廉、他方が丘恥と呼ばれた。現在は馬に変化したので、それぞれ馬廉、馬恥となった。しかし、両者は仲が悪く、互いに罵り、蹴り合う。一方が他方を不廉と罵れば、他方も相手を恥知らずと言い返す始末だ。

『丘蟻一族』を書く以前、私は何人かの人を思い浮かべていた。ガリバー、ジョージ・オーウェルなど。彼らが描き出したのは幻奇な世界だが、彼らが見ていたのは現実だった。ダンテも同様で、地獄を描いた。それは地下にあったが、現実の地獄は地上にあった。

『丘蟻一族』では、丘蟻はウソをつく昆虫だ。

丘蟻は白アリで、白アリはアリではない。ゴキブリの一種だ。

私が丘蟻から始めたのは、それが卑賤な昆虫で、人のいやがるものだったからだ。

彼らは変身を願った。雀が鳳凰《ほうおう》になるのを願うように。

彼らはウソが変身の動因であることを発見した。丘蟻はもともと卑賤、どうしてこれ以上、悪いものに変わることがあろうか？　これ以上、バカを見ることがあろうか？

彼らは絶え間なくウソをつき、絶え間なく変わった。彼らがもっとも怖れていたのは、彼らがアリクイに変身、自らの同胞を食べることだった。大自然の中では、アリクイは白アリを食べることは食べるが、節制して、蟻塚一つについて数百匹を食べるにとどめ、別の蟻塚に移っていく。ところが、丘蟻の変身したアリクイは節制がない。人間による蓄財が制限がないように。

その後、アリクイは馬になり、竜となる。竜は中国黄帝の象徴だ。馬が竜に出会ったら、どちらがへりくだるだろうか？

絶えざるウソと絶えざる変化、馬となり、また竜となる。天馬は一個の統治者たる資格を持ってはいるが、天竜に比較することはできない。

最後に馬がいなくなる。当然、彼の配下のネズミ（鼠輩《そはい》）・鷹（タカ派）・犬（イヌや番犬）など、すべてがいなくなった。竜もいなくなり、樹木も枯死してしまった。

ただ、丘蟻だけが地に満ちた。天上の星屑のように。

蟻塚の上には、もう一種類の虫が住み、夜、星屑のように閃光を放つ。しかし、それはもっぱら丘蟻を食べる虫だ。

その時、猿が現れる。猿もまたウソをつくのか？　いや、猿は同意する時は頭を横に振り、同意しない時は頷《うなず》く。これは彼の表現方法だ。猿は走り出てきて画を描こうとするが、そこには何もなかった。満天の星屑と、満地の丘蟻以外には。

今夜は星がキラキラ輝いている。

「今夜は星がキラキラ輝いている」のイメージは、プッチーニの『トスカ』から借りた。トスカの恋人の画家は銃殺を前に屋上で「今夜は星がキラキラ輝いている」と歌う。トスカがそれに唱和する。警察署長はトスカに空砲を撃つことを約束するが、その約束は破られて実弾が撃たれ、画家は死ぬ。

ここまで話してきて、私は浦島太郎を思い出した。スウィフトやオーウェルを思い出した。またマークトウェーンや小公子を思い出した。

浦島太郎の話は相当、単純だが、含蓄するところは深い。浦島は家を懐かしむが、それは旅情だ。竜宮のお姫様は彼に玉手箱を贈るが、これも、よくあることで、特別なことではない。しかし、なぜ彼を送り出すとともに、箱を開けるなと言ったのか？　彼は、開けるなと言われたのに、なぜ開けたのか？　開けると、煙が出たというが、その煙は何を意味しているのだろうか？　浦島はなぜ煙とともに一挙に老人になってしまったのか？　これらはすべて問題だ。

スウィフトやオーウェルの場合は、もっと複雑だ。

彼らは童話によって社会問題や政治問題を取り上げた。さらに重要なのは、それらの童話を書くことによって文学の水準も上げていることだ。

『不思議な国でのアリスの冒険』や『小公子』も、同様だ。

私は、小説は生活であり、芸術であり、思想であると考えている。童話も、そうありたいと望んでいる。

私は、どんな系統的な思想も説くつもりはない。しかし、どの童話にも、当然ながら、私の考え方がこめられている。これらの私の考え方は、一部の児童には容易に理解できる筈だ。また、すぐには理解できなくても、浦島太郎の含意のように、成長するにつれて、段々と分かってゆくに違いないと私は思っている。

童話は、始めは、一つのお話だった。面白いお話だった。浦島太郎のように、その背後に含意があった。各人各様、体得するものがあった。

童話は児童に専属するものではなく、大人も読んでいい。河合隼雄は箱庭を使って病を治しているが、童話にも同様の効果があると言っている。

童話はお話だ。だから、面白いお話でなければならない。この点がもっとも重要だ。さらにより童話は多方面にわたる含意を内蔵しているものだ。心理学・精神分析・社会学・政治学・歴史、さらには宗教まで。童話は、読者に何らかの道理を見てとらせることができる。

私たちは児童のためにも、社会のためにも童話を書かなければならない。これもまた非常に重要なことだと私は考えている。戦後、台湾は植民地から解放されたものの、ポスト・コロニアル的な問題も生じている。さらに問題なのは、台湾が新しい植民地に変わって行くかも知れないということだ。このような政治に無関心であってよいだろうか？

だから、私は童話を書き、私の童話が、私の文学の一部であることを望むとともに、童話が何よりも文学であることを願っているわけだ。台湾の童話もまた台湾文学だ。私が童話を書く理由だ。

＊　本稿は二〇一一年七月一〇日、植民地文化学会創立一〇周年記念講演会（東京・江東区東大島文

化センター）のために書かれた講演草稿に後日（同月一九日）加筆したもの。なお、文中の〔　〕内は訳者注。

訳注

〔1〕中国語では「走」は歩く、の意。また「跑」が走る、の意。

〔2〕『三国志（三国志演義）』の一齣。

〔3〕「孔融、梨を譲る」は、四歳の子供が兄にも弟にも譲って一番小さな梨をとったという話で、兄弟道の模範とされた。司馬光が少年時代、誤って大きな水甕に落ちた小さい子供を、慌てず騒がず、機転を利かして石で甕を割って溺死から救ったという話。つまり、災難に当たっての心構えを説いたもの。

〔4〕清朝の知識人、李毓秀によって編まれたという児童の守らなければならない心得を説いた書物。

〔5〕不可を告げる鳥。「倒楣」は明代、科挙に不合格の場合、門前に立てた棒を倒したことを指す。

〔6〕台湾彰化の人（一九四九～一九八二年）。農村社会の底辺に生きる人たちを描いた。短篇小説集『市井伝奇』などがある。タクシーに乗車中、台風に出会い、事故死した。三三歳の若さだった。

〔7〕台湾嘉義の人で、「二〇世紀を代表する振付け師」との評がある（一九四七年～）。台湾で京劇、日本と韓国で宮廷舞踊、ニューヨークでモダンダンスを学び、一九七三年、中国語圏最初の現代舞踊団「雲門舞集」を創立、国際的に活動している。短篇小説集『蝉』などがある。

〔8〕台湾淡水の人（一九一六〜二〇〇〇年）。歯科医で作家。一九四三年に発表された中篇小説『奔流』は「皇民文学」の佳作と評価されたが、戦後、「媚日」か「抗日」か、論議が続いている。
〔9〕中国明代に作られた怪奇小説。仙人や道士や妖怪が人間界と仙界とに分かれて争う。
〔10〕二〇〇〇年四月刊、玉山社、A5判、二一〇頁。もと『台湾日報』副刊に連載されたもの。
〔11〕水上勉著『失われてゆくものの記』（集英社文庫、一九九六年）。
〔12〕台湾特有の鳥。鳥のように全身黒色、光沢がある。尾羽は長く、末端がやや広い。全長二八〜二九センチ。通常、電線や竹林や牛の背にとまっている。
〔13〕漳州は中国福建省の南東部、泉州はやはり福建省東南部にある。相互に隣接している。
〔14〕諸葛孔明が軍事的な通信手段として発明したと伝えられる熱風船。竹の輪の上に紙袋を張り、底部に油を滲み込ませた紙の芯を仕掛け、それに火をともし、空に揚げる。現在は中国南部で元宵節に無病息災を祈って空に放つ。それが台湾にも伝わり、元宵節だけではなく、それと関係なく、さまざまなイベントに揚げられている。
〔15〕二〇〇四年八月刊、玉山社、A5判、二四八頁。もと『文学台湾』、『自由時報』副刊、『中央日報』副刊、『聯合文学』に分載されたもの。
〔16〕「馬の尻を打つ（拍馬屁）」には、「おべっかを使う」の意味もある。

訳者あとがき

本書は長篇童話「丘蟻《きゅうぎ》一族」(『文学台湾』六二期、二〇〇七年四月)と、その続篇「天馬降臨」(同六六期、二〇〇八年四月)に、これら二作品の自ずからの解説になっているといっていい講演録「なぜ童話を書くのか」(『植民地文化研究』一一号、二〇一二年七月)を加えて構成されている。

これら二作品のヒーローは、あの蟻塚を作る白アリだが、そこには白アリ以外の昆虫や動物も登場している。「天馬」は天上から「降臨」してきた馬の意だが、もとはいえば丘蟻が変形したものである。しかし、最後者の講演録に見るように、作者が動物や昆虫をヒーローやヒロインに仕立てて童話を書くのは、これらの二作品が初めてではない。また、人間以外の生き物を使って変形譚や政治童話に挑むのも、これらの二作品が初めてではない。

何が初めてなのか、といえば、それらの二作品――「丘蟻一族」と「天馬降臨」とが形式的にも、内容的にも、それまでに作者が書いてきた動物や昆虫を使っての政治的な童話の集大成として現れているということだ。まず形式だが、蟻塚を作る白アリをヒーローに仕立て、変形譚を縦糸、ウイットを横糸に物語を織り成し、白アリ以外の昆虫だけではなく、馬や猿、カメレオンやアリクイ、さらにはブロントサウルスまで登場させていること、そして内容的には政界の一局面だけではなく、政治の全体に向き合い、その形象化に進み出ているということだ。

作者自身、これらの二つの作品の成因について、その講演録の中で、「台湾では、政治家がウソをつくのは当たり前で、非常に深刻なことだ。／これまで私の書く童話は主として短篇だった。そこで、以上のことから、私はウソをつくということを題材に長篇を書いてみたいと思うようになった」と書いているが、「政治家がウソをつくのは当たり前」なのは台湾だけであろうか。

国家というものが一種の虚構性の上に成り立っていることは、今から二四〇〇年も前にプラトンが『国家』という作品の中でソクラテスの言葉として明らかにしていることだ。国家は共同体は共同体だが、「偽りの共同体」（マルクス。「共同幻想」ではない）でしかない。そういう意味では、国家と、そこで営まれる政治は多かれ少なかれ「ウソをつく」ことなしには、一日も存在できない。つまり「政治家がウソをつくのは当たり前」なのは台湾だけではなく、およそ国家というものが存在するところでは、どこでも「政治家がウソをつくのは当たり前」で、「非常に深刻なこと」だ。政治家にしてウソをつかない者は稀有のことに属する。

結論を先にいえば、「丘蟻一族」と「天馬降臨」は、国家の虚構性、あるいは政治のウソに真正面から迫った長篇イソップ物語なのである。それに、もうひとこと添えれば、すぐれた、画期的な長篇イソップ物語なのである。

国家の虚構性や政治のウソを端的に示すのは、いわゆる「神話」である。外国のことはさておき、かつて戦前・戦中の日本では、「天馬降臨」のアイデアの素になった「天孫降臨神話」が不動のものとして「君臨」していた。今は「君臨」はしていないが、死に絶えたわけでもない。「天皇」は「象徴」とはなったが、依然として存在し、「天孫降臨神話」に基づく儀式や時制も命脈を完全には絶たれていない。戦前・戦中には、それに関連して、国難には必ず吹くという「神風神話」というものもあった。戦後にも、さまざまな「神話」が創り出されているが、その親玉の一つは何といっても、最近、そのウソが劇的に明らかになった「原発安全神話」であろう。

実をいうと、私は、チェルノブイリ原発大事故が起きた直後、一九八六年の秋から一九八九年の春にかけて、大学の講義の合間を縫って、北海道・四国・北陸・東北と反核講演行脚に出たことがあった。東北の場合は、主として「反核漫談　魚の食べられなくなる日」と題して、郡山を振り出しに山形まで、奥羽山脈をグルッと回ったのだが、聴衆の多くは、近い将来、「魚が食べられなくなる日」が来るなんて半信半疑の様子だった。それから二二年後、あの福島第一原発事故が発生し、部分的ながら、海の魚だけではなく、川や湖の魚でさえも食べられなく日が到来したのだが。

また、その行脚の延長で、一九九〇年一一月には、福島第二原発3号機の運転再開の是非を問う、富岡町と楢葉町の有権者に向けた、市民団体による住民投票（郵送）に立会人として出席するということもあった。結果は、両町合わせて、投票率五四・五パーセント、その六五パーセントが運転再開には反対だった。何と賛成票にも「どこまでも安全を確保して」と留保条件をつけたものがいくつもあり、両町の住民は、個々人について見れば、原発の運転を全く安全と信じていたわけではなく、一抹の不安を抱えながら生きていたのだ。

にもかかわらず、「安全神話」は、それほどまでに強く人々をとらえていた。そして、こんどの原発大事故によって、「安全神話」はようやく崩壊することになったのだが、それから二年、安全規準が確保できたら原発を再稼働してよいという、新たな「安全神話」が再び築かれようとしている今日この頃だ。事故処理がまだ終わっていないどころか、事故はなお進行中で、しかも住民たちが帰ろうとしても帰れない区域があるだけではなく、これまで蓄積された核廃棄物の最終保管場さえ見通しが立っていないのに、である。

丘蟻たちが「太陽は西から昇る」という「神話」を作る手口を見てみよう。手口は簡単だ。何度も何度もウソを言い続けることだ。顔を赤らめることなく、しかも大きな声で。

「彼らは、太陽は西から昇るものだと言った。しかし、太陽は決して西から昇ることはない。ところが、彼らは、それを二度言い、五度言い、十度言い、百回言った。果して太陽は西から昇って来たのだ」（13頁）

「最初は彼らも一点の不安を感ずることがあったかも知れない。時には、ちょっと顔を赤らめたに違いない。しかし、休む間もなく、ウソを言い続けてゆくなら、不安を感じなくなり、顔が赤くなることさえもなくなるだろう。ウソをつくなど、何ほどのことでもない。顔を赤らめる、それこそ欠点というべきだ。顔を赤らめる状態から、赤らめなくなってゆく、それこそ成長と呼ぶべきだ」（19頁）

「丘蟻一族では、ウソをつく能力が高ければ高いほど、地位が高くなる。地位が高くなればなるほど、ウソをつく機会が多くなり、技術も向上する」（15頁）

「大声で言えば言うほど、効果は、より大きい」（19頁）

以上に見るように、これら二つの作品の大きな特色は、ウイットの連続であり、それがこれら二つの作品の大きな魅力の一つになっているといっていいだろう。

「〈道理があるということは、道理がないということか？〉／〈道理があるということは、道

理がないということだ。これは普遍的な道理だ〉」（37頁）

これなどは絶妙である。こういうのもある。

「〈では敵はあまりに多く、大丈夫かな？〉／〈敵がいなかったら、どのように毎日を過ごすのか？〉と丘義が言った」（51頁）

「天馬降臨」も、もともと、日本の「天孫降臨神話」を換骨奪胎して、現代台湾の政治の批評を試みたものだが、それを超えて、「天孫降臨神話」そのもののすぐれたカリカチュアになっているだけではなく、およそ愚昧な君主や独裁者なるものについてのそれにもなっているといってもいいだろう。そして、これは同時に、日本統治時代の台湾に育った作者にして初めて書き得た傑作であるといっていいかも知れない。

興味深いことに、作者は、これらの二つの作品が書かれる少し前、日本統治時代の「皇民化教育」を受けて身も心も日本人となり、「神風特攻隊」を崇仰するに至った台湾の一少女が、米軍機の台北空襲で家族を失い、戦後の恵まれない生活の中で息を引き取っていく話を描いた中篇小説「大和撫子《やまとなでしこ》」（『聯合文学』二〇〇五年九月、二〇〇六年二月）を発表している。このヒロインが死を前にして食べたいと願ったのは、哀切にも、ほかでもない「日の丸弁当」で、そのことをふくめて、この小説は、敗戦直前・直後の台湾社会についての貴重な証言にもなっている。

作者は一九三二年九月一六日、台湾は新竹州桃園郡下埔子（現・桃園市）に、七人兄弟の末っ子として生まれている。李逐田を父として。一年後、台北州新荘鎮（現・新荘市）に住む母方の叔父の養子となり、鄭姓を名乗ることになる。少年時代、両処を往き来し、後年、作者をして、「自分には、都市と農村の二つの故郷、二つの少年時代があった」と言わしめている。三九年、新荘公学校に入学するが、四一年、学制が変わり、新荘国民学校の生徒となる。一九四五年四月、私立国民中学に入学するが、「勤労奉仕」で台北市士林にあった日本海軍の園芸試験所に通い、そこで「玉音放送」を聞いている。

解放後、台北商業職業学校に学び、一九五一年、華南銀行に就職するが、一九五四年、台湾大学商学系に入る。同大を卒業後、二年の兵役を終えて華南銀行に復職、以後一九九八年、定年退職まで同行に勤務する。この間、陳淑恵と結婚、二女一男をもうけた。

彼が作家デビューを果したのは、一九五八年、『聯合報』副刊（学芸欄）に発表された短篇「寂寞的心（寂しい心）」で、それ以来、現在まで二〇〇を超す長・中・短篇小説を発表している。短篇小説の場合は、ほとんどが『鄭清文短篇小説全集』全七巻（麦田出版）に収められている。長篇小説としては、『峡地』（台湾省新聞処、一九七〇年）、『大火』（時報文化、一九八七年）、「旧金山一九七二」（一方出版、二〇〇三年）などがある。

一九八二年からは、台湾の自然風土を題材に童話を書きはじめ、しだいに政治批判を含意させた作品に手を染めるようになり、ついに本書所収の二作品のような、政治に真正面から向き合った政治童話を発表するようになる。その経過は、前記の講演録「なぜ童話を書くのか」につぶさに語られている。

鄭清文の文体は、淡々とした日常普通の言葉で書かれているが、余韻が深い。学生時代、チェーホフに心酔し、「作家はただ証人となるべきで、裁判官になってはならない」と心に刻み、そこからヘミングウェーの「氷山理論」にも強い影響を受けたようだ。

葉石濤は、その『台湾文学史綱』（文学界雑誌社、一九八七年）の中で、この作者を、李喬と同じく「省籍（内省人）戦後第二代作家」に属するとし、その短篇小説の多くは「人間の心の動きを透視することによって、時代や社会の変化が人間の心にどのような制約や反応をあたえているかを浮かび上がらせている」と評し、また、その長編小説をふくめての結論として「鄭清文は平淡で、奇をてらわぬ筆使いで、驚浪怒濤がつぎつぎに起こってくる深層心理の動きを表現している」と述べている。

葉によれば、台湾では、一九四〇年代から七〇年代にかけて「台湾史の一部分」が隠蔽され、作家も迫害を恐れて、この時代の「政治状況」を、作品の素材にすることを避けてきたが、しだいに言論の自由の範囲が広がってきたので、その「禁断の地」に足を踏み入れる作家が登場し、八〇年代は、これらの「政治小説」で幕が切って落とされたとし、その第一着として鄭清文の「三腳馬（三本足の馬）」（『台湾文芸』七九年三月）を挙げている。この小説は、日本の植民地時代、鼻頭に白いアザがあったため「白ッ鼻のタヌキ」と世間からイジメを受けたことから警察官となり、同胞を虐待した男が、解放後、追われる身となり、妻子をおいてひとり山奥に隠れ住み、三本足の馬の木彫に自身の痛苦と悔恨を投射するに至ったという話を描き出したもの（同作品は中村ふじゑによって日本語に訳され、研文出版・一九八五年刊の『台湾現代小説選Ⅲ』に収録されている）で、三本足とは、「犬」あるいは「四つ足」と呼ばれた日本人の手先となった台湾人の蔑称である。いうまでもなく、本書所収の二作品も、さきの「大和撫子」も、このような、この作家の積極的な姿勢の展開として生み出されたものである。

このほか、作者は、文学や社会について触れた多くのエッセイも書いている。それらは『小国家大文学』（玉山社、二〇〇〇年）、『多情与厳法（多情と厳法）』（同、二〇〇四年）などに集められている。

本書の出版については、国立台湾文学館による助成を受けた。そして、その申請をふくめて、本書が世に出るにあたっては愛知大学の黄英哲さん、法政大学出版局の勝康裕さんのお世話になった。装幀については前著に引き続き、秋田公士君に面倒を見てもらうことになった。記して感謝の意を表したい。

二〇一三年夏

東京ディズニーランド東隣のマンション街で

原題：丘蟻一族

著者：©2013　鄭清文（Cheng Ching-wen）
Japanese translation is published by arrangement with
Cheng Ching-wen
略歴は本書本扉裏に表示

本書出版獲得国立台湾文学館之補助
The publication of this book is subsidized by the National
Museum of Taiwan Literature.

訳者：西田　勝（にしだ　まさる）
1928年，静岡県に生まれる。1953年，東京大学文学部卒業，法政大学文学部教授を経て，現在〈西田勝・平和研究室〉主宰，植民地文化学会代表。主要著書に『グローカル的思考』『近代日本の戦争と文学』『近代文学の発掘』（以上，法政大学出版局），『社会としての自分』（オリジン出版センター），『近代文学閑談』（三一書房），『私の反核日記』（日本図書センター），編訳書に『田岡嶺雲全集』（全7巻，刊行中，法政大学出版局），ゴードン・C・ベネット『アメリカ非核自治体物語』（筑摩書房），『世界の平和博物館』（日本図書センター），呂元明『中国語で残された日本文学』（法政大学出版局），『《満洲国》文化細目』（共編，不二出版），『《満洲国》とは何だったのか』（共編，小学館）などがある。

2013年9月30日　初版第1刷発行

著　者　鄭　清文
訳　者　西田　勝
発行所　財団法人 法政大学出版局
〒102-0071　東京都千代田区富士見2-17-1
電話03(5214)5540／振替00160-6-95814
整版：緑営舎／印刷：三和印刷／製本：積信堂

ISBN 978-4-588-49031-6